W9-ART-604

COLLECTION FONDÉE EN 1984
PAR ALAIN HORIC
ET GASTON MIRON

TYPO EST DIRIGÉE PAR
PIERRE GRAVELINE

AVEC LA COLLABORATION DE
SIMONE SAUREN
ET JEAN-YVES SOUCY

TYPO bénéficie du soutien de la Société de développement des entreprises culturelles du Québec (SODEC) pour son programme d'édition.

Nous reconnaissons l'aide financière du gouvernement du Canada par l'entremise du Programme d'aide au développement de l'industrie de l'édition (PADIÉ) pour nos activités d'édition.

Nous remercions le Conseil des Arts du Canada de l'aide accordée à notre programme de publication.

COTNOIR

Du même auteur chez le même éditeur

JACQUES FERRON

Cotnoir

Conte

Préface de Jean Marcel

TYPO

Éditions TYPO
Une division du groupe Ville-Marie Littérature
1010, rue de La Gauchetière Est
Montréal, Québec H2L 2N5
Tél.: (514) 523-1182
Téléc.: (514) 282-7530
Courriel: vml@sogides.com

Maquette de la couverture: Nicole Morin.
En couverture: photo de Jean-François Leblanc, agence Stock.

Données de catalogage avant publication (Canada)
Ferron, Jacques, 1921-1985
Cotnoir
(Typo; 156)
Éd. originale: Montréal: Éditions d'Orphée, 1962.
ISBN 2-89295-175-5
I. Titre. II. Collection.

PS8511.E76C63	2001	C843'.54	C2001-941397-1
PS9511.E76C63	2001		
PQ3919.F4C63	2001		

DISTRIBUTEURS EXCLUSIFS:

• Pour le Québec, le Canada et les États-Unis:
LES MESSAGERIES ADP*
955, rue Amherst
Montréal, Québec
H2L 3K4
Tél.: (514) 523-1182
Téléc.: (514) 939-0406
*Filiale de Sogides ltée

• Pour la France:
Librairie du Québec – D.E.Q.
30, rue Gay-Lussac, 75005 Paris
Tél.: 01 43 54 49 02
Téléc.: 01 43 54 39 15
Courriel: liquebec@cybercable.fr

• Pour la Suisse:
TRANSAT S.A.
4 Ter, route des Jeunes
C.P. 1210
1211 Genève 26
Tél.: (41-22) 342-77-40
Téléc.: (41-22) 343-46-46

Pour en savoir davantage sur nos publications,
visitez notre site: **www.edtypo.com**
Autres sites à visiter: www.edhomme.com • www.edjour.com
www.edvlb.com • www.edhexagone.com • www.edutilis.com

Édition originale:
© Jacques Ferron, *Cotnoir*,
Montréal, Éditions d'Orphée, 1962.

Dépôt légal: 4e trimestre 2001
Bibliothèque nationale du Québec
Bibliothèque nationale du Canada

PRÉFACE

Lorsque paraît Cotnoir, en 1962, Jacques Ferron n'a derrière lui que des pièces de théâtre (huit en tout) et quelques dizaines de contes publiés dans des revues et des journaux, dont certains paraissent en recueil un peu plus tard au cours de cette même année (Contes du pays incertain). Autrement dit, ce premier récit, qui pourrait être un conte un peu plus long que les autres[1] aussi bien qu'un roman, inaugure la longue série des proses de narration – pour ne pas nous lancer dans les subtilités d'une querelle des genres – qui s'achèvera avec Le Pas de Gamelin, œuvre posthume publiée en 1987.

En quoi ce récit primordial contient déjà, dans sa position inaugurale, les œuvres à venir, c'est ce qu'il convient d'examiner. En résumer l'histoire, ce sera déjà la faire comprendre.

---

1. La réédition de 1981, chez VLB éditeur, porte d'ailleurs, sur la page couverture, la mention conte.

Un narrateur, aussi personnage secondaire et somme toute assez discret, raconte des événements dix ans après le fait : un charbonnier (Aubertin) de la banlieue sud de Montréal est chargé par l'assistance sociale de prendre à sa charge un vague cousin (Emmanuel), simple d'esprit qui avait été incarcéré à la prison de Bordeaux pour exhibitionnisme; une fois recueilli, celui-ci récidive, mais au lieu d'appeler de nouveau la police, on appelle un médecin alcoolique (Cotnoir) qui décide, dans son ébriété, que la folie du pauvre garçon sera guérie s'il pouvait seulement gagner Québec et de là les chantiers de bûcherons où il trouverait la fraternité humaine dont il a besoin. *Le médecin s'offre pour venir lui-même chercher Emmanuel en vue de le mettre à bord du train le soir même; Cotnoir et son assistant (le narrateur, également médecin) s'amènent donc plus tard et, accompagnés d'Aubertin, conduisent l'énergumène à la gare Jean-Talon. Mais Emmanuel leur échappe sur le quai et semble vouloir se rendre dans le centre de Montréal par la voie ferrée... Cotnoir rentre chez lui, se couche et meurt. Sa femme (une Française d'origine) expose son corps dans la maison, où par ailleurs peu de monde se présente, mais arrive notamment un drôle de médecin (Bessette/Bezeau) qui se dit son camarade d'autrefois; celui-ci court en réalité les funérailles des confrères pour leur dérober leur dernière provision de morphine. Le service* funèbre, assez dépouillé, a lieu en l'église Saint-Antoine de Longueuil, que le narrateur, présent à la cérémonie, décrit avec une certaine ironie de même qu'avec une grande beauté stylistique; pendant l'inhumation, il croit apercevoir Emmanuel parmi les badauds, mais apprend quelques années plus tard que le garçon avait effectivement, suivant en cela le projet de Cotnoir, pris le train pour Québec à l'instant même où Cotnoir agonisait; il est désormais guéri pour avoir retrouvé une petite fraternité humaine de chantiers.

L'histoire peut paraître banale, mais le mode de narration la transforme en un récit qui, lui, ne l'est pas du tout. Si bien que le temps que dure l'événement (quelques jours – trois ou quatre à peine) devient une durée inextricable, éclatée, en miettes, qu'il faut reconstituer dans son sens linéaire pour y entendre quelque chose. C'est ainsi que des funérailles de Cotnoir, qui ouvrent la narration, on passe à la scène où Aubertin recueille son cousin; de là à l'agonie de Cotnoir, pour revenir à sa première visite chez les Aubertin, puis de nouveau à la veillée funèbre où apparaît Bessette/Bezeau dont nous apprenons la drôle de vie de narcomane par son propre récit à peiné voilé; retour à la scène où Cotnoir, Aubertin et le narrateur conduisent Emmanuel à la gare; enfin la scène de l'inhumation par quoi se clôt la narration. Le tout est disposé, en fait, comme une toile d'araignée au centre de laquelle viennent se télescoper l'agonie de Cotnoir et le sauvetage d'Emmanuel... *L'organisation du récit est construite de façon à répondre à une question subrepticement posée par une réflexion indirecte d'Aubertin :* Le malheur peut-il se guérir ? Ou passe-t-il d'un individu à l'autre ? Rien ne se perd-il en ce monde ? Sauver Emmanuel, mais au détriment de qui ? *La réponse à cette question : au moment où Cotnoir, rentré chez lui, se couche et meurt, Emmanuel, qui a compris d'instinct où se trouvait son destin, monte sans le savoir dans un train qui le conduit à Québec, ainsi que Cotnoir en avait conçu le projet... La mort de Cotnoir devient de la sorte la* rédemption *d'Emmanuel.*

Mais revenons à notre propos principal, qui était de repérer dans le récit de Cotnoir *les grands thèmes, les lignes de force qui y sont déjà celles de l'œuvre ultérieure de Ferron.*

Il y a d'abord la médecine et les médecins, dont on conçoit fort bien que Ferron, médecin lui-même, ait fait, plus qu'un décor obligé et omniprésent, la substance même de son œuvre ; elle se manifeste sous sa forme le plus souvent dérisoire, cherchant à guérir des maux qui sont en fait, tous, d'origine sociale. Cette médecine (pratiquée par des médecins qui, à l'instar de Cotnoir, sont tous un peu marginaux, médecins des pauvres des faubourgs, médecins alcooliques ou narcomanes autant par lucidité que par désœuvrement) nous introduit à la maladie capitale : la folie... Celle-ci est tenue pour une maladie créée et entretenue par la société moderne et formera le thème des

grands livres de la maturité et de la fin : L'Amélanchier, Les Roses sauvages, Rosaire, Le Pas de
Gamelin. *Sans compter les multiples contes encore
à venir sur le sujet. Quant à la médecine margi-
nale qui correspond à ce thème, elle est partout
présente dans les ouvrages de Ferron (contes, pièces de théâtre, essais et romans). Notamment ce
Bessette/Bezeau, dont le personnage avait d'ailleurs
été un peu esquissé l'année précédente dans un
conte intitulé* Le Narcomane *(devenu* Les Méchins
dans les Contes du pays incertain*).*

Il faut savoir que, pour le personnage de
Cotnoir, Ferron a emprunté le patronyme au
médecin gaspésien auquel il a lui-même succédé
à la Rivière-Madeleine en 1948, mais qu'il n'a
pu connaître, sinon par les rumeurs, déjà mort
au moment où Ferron prend la relève, médecin
alcoolique comme ici ; et ce personnage reviendra (avec un prénom cette fois : Augustin) dans
Le Ciel de Québec, *où, contrairement au récit
qui nous intéresse et dans lequel Cotnoir n'a pas
d'enfant, il sera devenu le père d'Eurydice.*

Sur ce double thème de la médecine et de la
folie vient se greffer celui du pays – mais ici d'une
façon allusive et qui n'a pas encore l'allure du
combat qu'il prendra bientôt dans* La Nuit *ou* Le
Salut de l'Irlande*. Ce thème apparaît donc ici
comme parasitant le décor de la maison des
Aubertin par la description de la* petite savane
qui se trouve en bordure du terrain : Ce fut sur
ses bords [...] que le Beau Viger et ses hommes

s'embusquèrent, le long du Chemin de Chambly, pour attaquer les Habits rouges et déclencher la révolte de 1837. *Et Cotnoir, sentant venir sa mort, dans l'étrange monologue qui le saisit avant qu'il entre en agonie, reviendra sur cette première description, laquelle avait d'abord été formulée par le narrateur :* Moi, ça me plaisait de longer le champ de quenouilles, surtout en automne, et de penser au Beau Viger, aux Patriotes, à tous les notables qui se firent une année, une année sur deux cents, une rare et belle année, qui se firent gibier de potence ; de penser aussi que j'aurais été avec eux.

En fait, Ferron, en 1962 (1961, si l'on tient compte du fait que le livre paraît en début d'année et a donc certainement été écrit dans l'année qui précède), découvre à peine la problématique *du pays telle qu'elle vient de se poser historiquement par la fondation de l'Alliance laurentienne et du Rassemblement pour l'indépendance du Québec (RIN). Son « Adieu au P.S.D. » (parti socialiste fédéral) dans* La Revue socialiste, *qui marque le début de sa nouvelle option politique et de sa réflexion sur le pays, date de la fin de 1960... Le thème n'est donc ici que légèrement évoqué, mais déjà dans sa forme révolutionnaire, puisqu'il est fait allusion à la rébellion de 1837. Et il n'est pas inintéressant de noter que cette nouvelle thématique se trouve, dès sa première manifestation, associée à celles de la médecine et de la folie, ainsi qu'elle le sera plus tard, notamment dans* La Charrette. *Et comme pour bien marquer ce* commencement *de quelque chose de neuf, ainsi que la naïveté de ce commencement qui ne comprend pas encore tout,* Cotnoir *prononcera l'une des phrases les plus touchantes du récit, et peut-être de toute l'œuvre de Ferron, quand il fera allusion au* beau chevreuil, aperçu une fois par un matin d'automne, qui regardait Montréal et ne comprenait pas.

Ainsi Cotnoir *a-t-il à la fois la fraîcheur des commencements et déjà la perfection achevée des œuvres de haute maturité. C'est l'ouvrage de Ferron qui déclenche en quelque sorte les grands cycles à venir... Ce n'est donc pas rien, malgré son peu d'étendue...*

Le livre est dédié à Robert Bernier, qui fut le professeur jésuite de Ferron au collège Brébeuf, à Montréal, à qui, de son propre aveu, l'écrivain doit son intérêt pour la littérature et l'écriture. Il n'est pas sans signification que cette dédicace coïncide avec cet ouvrage de première grandeur.

JEAN MARCEL

À Robert Bernier

Chapitre premier

Trois confrères étaient présents. Les autres avaient envoyé des fleurs ou une simple carte de condoléances. La médecine ne se meurt pas d'un de ses membres ; sa perte au contraire la rajeunit. Dans le cas de Cotnoir, c'était plutôt un débarras. Sur les trois l'un n'était pas de bon compte, arrivé la veille du Témiscouata, sinon de trop, du moins inattendu. Il ne restait en somme que Gérin et moi, moi comme un, mais je n'étais qu'un débutant, et Gérin à moitié, car il n'était venu que pour la levée du corps. Il fut obligé toutefois d'aller jusqu'à l'entier : à la dernière minute on nous avait appris que nous serions, les trois, porteurs en compagnie d'un bonhomme du faubourg et de son notaire. Ce bonhomme était plus ou moins l'ami de Cotnoir et bien autant son créancier. Il ressemblait à un gros chat. Le notaire, lui, avait l'air d'un rat, les lèvres pincées et les dentiers trop grands. Ils faisaient une belle paire. Ce n'était pas assez, pourtant, car le sixième porteur manquait. On avait attendu LeRoyer, qui s'était annoncé, ou un autre. Personne ne vint. Nous avions donc porté à cinq, les médecins d'un bord, les financiers de l'autre, au milieu du concours empressé des croque-morts. Le cercueil sous le catafalque, chaque groupe était resté séparé. Gérin et le Témiscouatèque prirent place au premier rang, moi au second. Nous avions perdu de vue nos compagnons. Néanmoins, tout au long du service, un claquement bizarre se fit entendre par moments. Ce bruit venait d'outre-catafalque. Au Témiscouatèque intrigué : – C'est le notaire, dit Gérin. Derrière nous, au milieu d'un grand espace de bancs vides, Madame Cotnoir se tenait, seule. Son voile faisait ressortir ses cheveux blancs et la sérénité de son visage. Elle avait gardé sa tristesse pour soi, laquelle, la ternissant de l'intérieur, la vieillissait un peu – mais ce n'était peut-être que la fatigue.

L'église de Saint-Antoine, à Longueuil, est vaste et peuplée de saints, de saintes, d'anges, d'apôtres et de prophètes ; tout le ciel y est assemblé. Mais pour la circonstance, on avait caché cette imagerie derrière de longues tentures noires. Et le ciel n'y était plus. Il eût fallu toute une foule, une foule fervente pour le rappeler, et il n'y avait presque personne. Ce furent d'étranges funérailles. Les habitués de l'église, vieillards à la peau séchée, dévotes sans famille, échappés d'hospice, demoiselles noires, s'y trouvaient plus nombreux que nous, les participants, et par une conjoncture extraordinaire en antagonistes. Ils avaient pris place en dessous du jubé, dans les derniers bancs de la nef, et ils semblaient des juges. À l'opposite, au fond du chœur désert, l'autel vacillait dans l'air chaud des cierges. Il était blanc et doré. On eût dit un gâteau de miel fondant. Le prêtre y grignotait, tout en feignant de chanter la messe des morts. Ses supplications restèrent du latin. Cependant, dans notre dos, le tribunal, auquel le défunt n'avait personne à opposer hormis sa femme qui en appelait déjà à Dieu, rendait sentence contre lui. C'était la cérémonie renversée, une sorte de sacrilège. Je n'en suis pas revenu. Dix ans après, elle me hante encore.

Le service tirait à sa fin lorsque LeRoyer arriva, prévenu par des pas qui se voulaient furtifs et restaient pesants à cause du docteur qui ne tenait pas, lui, à passer inaperçu. Il s'agenouilla près de moi, la tête dans ses mains, d'emblée recueilli. Le bouchon remonta vite : – Sais-tu, mon vieux, qu'il n'y a personne ! Simple constatation de sa part, que la surprise mitigea bientôt, puis un certain contentement. LeRoyer était un grand bel homme, toujours vêtu d'étoffes anglaises ; ses patients l'adulaient ; c'était eux qui le soignaient et il se portait à merveille. Gérin, l'ayant salué, le désigna à son voisin, un vieux petit bonhomme guilleret et cérémonieux, qui parut fort impressionné et s'inclina en détournant les yeux comme on fait pour les grands personnages

auxquels on n'a pas été présenté et dont on salue
ainsi le mérite. – Qui est-ce? demande LeRoyer.
Je n'eus pas le temps de répondre: le bonhomme
rappliquait du regard sur LeRoyer qui le fascinait
ou qu'il n'avait pas bien vu, et celui-ci pour ne
pas être en reste lui rendait le même hommage,
inclinant le chef et détournant les yeux pudique-
ment. – Un confrère? – Oui, du Témiscouata.
– Ah! fit LeRoyer en rassemblant ses airs les plus
nobles et les serrant contre soi, inspiré non pas
par la majesté des lieux et le respect dû aux morts
mais par cette chose lointaine, rapprochée, nouvelle pour lui, cette chose étonnante qu'était le
Témiscouata. Le notaire, non plus, n'était pas
ébranlé par les pompes funèbres; il claquait des
dentiers simplement parce qu'il avait préparé une
combine et que l'appât du gain l'excitait, mise en
garde familière à qui le connaissait – sa seule
honnêteté, disait-on. – Pourquoi fait-il ce bruit?
demanda le Témiscouatèque. – Pour s'empêcher
de pleurer, répondit Gérin, car Cotnoir était son
ami. Le Témiscouatèque prit un air penaud. Il ne
pouvait en faire autant. Il s'était amené, la veille,
avec une grosse valise. À Madame Cotnoir:

– Vous comprenez qu'il me tardait d'arriver.
De la gare je me suis fait conduire ici directo
presto. Je me présente: docteur Antonio Bessette. J'ai du sang italien et je pratique depuis
trente ans à Saint-Eusèbe, comté de Témiscouata… Êtes-vous Madame Cotnoir?

– Oui, docteur.

– Ah, pauvre Léon, pauvre vous, pauvres nous ! Sans doute vous a-t-il parlé de moi, son inséparable à l'Université ? Depuis nous ne nous sommes jamais revus, qui l'eût dit alors ? Ah, que j'ai pensé à lui souvent ! L'été, ça devenait une hantise, je faisais ma valise puis la défaisais, car je l'attendais aussi et n'osais m'éloigner. C'est la nouvelle de sa mort qui m'a décidé : tristement je suis venu mais du moins sans la crainte de le croiser.

– Oui, dit la veuve, il m'a souvent parlé de vous.

Le bonhomme parut ravi.

– Maintenant je me retire à l'hôtel.

Et d'empoigner sa valise, véritable portuna. Madame Cotnoir le retint :

– Mon mari n'avait pas de famille, la mienne est en France, je n'attends personne, restez.

Il refuse, prétextant la fatigue ; elle insiste et il était resté. Pendant qu'il prenait possession de sa chambre, elle a préparé le souper. Ensemble ils ont mangé cérémonieusement, elle souriante comme à l'accoutumée, lui à la place du défunt, un peu déconcerté, beaucoup moins italien qu'à son arrivée. Après souper, comme elle l'invite à l'accompagner auprès de son mari, la fatigue dont il s'était plaint se transforma en accablement. Il s'alita et ne fut pas mieux ; de terribles douleurs l'assaillirent, il en avait les yeux hagards. Madame Cotnoir me manda, j'accourus, elle me dit :

– Avez-vous eu des nouvelles du cousin Emmanuel?

– Non, je n'en ai pas eu.

– Tant mieux, fit-elle.

Et comme, sauf révérence, je trouvais qu'elle m'avait fait venir pour rien, elle ajouta:

– Mais je ne vous ai pas fait venir pour cela.

Et de m'expliquer le cas.

Dès que le docteur Bessette m'aperçut:

– Ah, mon jeune ami, s'écria-t-il, vous ne savez pas ce qu'est la pierre! Et de m'en montrer les effets par des transes dont je me demandais s'il sortirait vivant. Soudain le mal le quitte, il me dit: – C'est le chemin de fer; il n'y a rien de pire pour secouer le rein et réveiller la pierre qui y dormait. Je lui fis une piqûre de morphine. – Il m'en faudra sans doute une autre, demain matin, avant le service. Laquelle je lui fis encore, qui loin de l'abattre le rendit tout guilleret.

Chemin faisant vers l'église, Gérin tenta de lui expliquer que Cotnoir était victime de circonstances fâcheuses. Le Témiscouatèque qui l'écoutait d'une oreille, le nez ailleurs, et trottinait, qui, cheval, eût piaffé, le Témiscouatèque s'arrêta net, la main sur la bouche:

– Fâcheuses? Vous croyez, mon confrère?

– Je parle de la désaffection qui semble le frapper.

– Oui, bien sûr.

– Elle est purement accidentelle.

– Accidentelle? Je ne trouve pas, mon con-frère. Cotnoir n'avait pas de famille, sa femme non plus. Comment voulez-vous faire des funé-railles sans parents?

– Cela est difficile, admit Gérin.

– Voulez-vous savoir mon idée sur le sujet? Eh bien, un mort est un homme fini.

– Ah oui?

– Oui, mon confrère. Si on ne le met pas tout cru dans un trou, si on le réchauffe avec des lampions, si on l'embaume, si on le farcit, si on le cuit selon les recettes de la liturgie, toute cette cuisine est pour l'estomac des survivants. J'en-tends les survivants de la famille: il n'y a pas de professions de confréries, de peuples dans notre pays; il n'y a qu'une nation: c'est la famille!

– Vous avez bien raison, dit Gérin tout en haussant le sourcil pour jeter un œil sur son compagnon.

Celui-ci continua:

– Vous mourez, les survivants s'amènent, c'est pour vous fêter, pensez-vous? Non, mon confrère, ils viennent se montrer les uns aux autres, en bonne santé, bien gras, bien nourris. L'immortalité est une idée qu'ils saisissent beau-coup mieux que vous, pauvre macchabée tout raide, tout seul, tout vide, elle est pour eux, les truands éternels, et non pour vous, hélas!

– Aurait-il de l'esprit? se demanda Gérin.

– S'il y a foule aux funérailles, on dira peut-être: le mort avait su se faire aimer, mais on pensera ceci : regardez donc comme nous sommes importants, comme notre ville est forte et influente ! Voilà, mon confrère, ce qui en est. Et n'essayez pas de m'en apprendre là-dessus : j'en sais beaucoup plus long que vous.

Madame Cotnoir suivait le cortège dans la limousine noire, haute, démodée, cabossée, dont son mari durant quinze ans s'était servi, qu'il avait achetée au temps de ses splendeurs, pendant la guerre, lorsqu'à défaut de concurrence il jouissait d'une nombreuse clientèle, voiture de maître qu'il avait toujours conduite lui-même, permettant ainsi aux malins de se demander de qui il était le chauffeur, du Diable, de la Mort ou de la Bouteille ? Avec les années et les racontars cette voiture avait pris une allure inquiétante. Son passage désolait plus qu'il ne réconfortait. On avait fini par la surnommer dans les faubourgs : le Corbillard. Madame Cotnoir était assise sur la banquette qui durant quinze ans était restée vacante. Un croque-mort la conduisait.

— Comme vous avez raison ! disait Gérin à son bizarre compagnon. Il n'empêche que si Cotnoir avait soigné dans sa paroisse, il aurait attiré plus de monde aujourd'hui. Il vivait à Longueuil sans y avoir un seul client. Sa pratique était ailleurs, dans les faubourgs. Il aimait les ouvriers.

— Ah, le cher ami !

— Les patrons ne donnent pas congé à leurs gens pour qu'ils viennent enterrer un médecin.

La ville n'est pas la campagne, docteur Bessette.

– Assurément, mon confrère.

– Les habitants, eux, peuvent s'affranchir. D'ailleurs ils s'ennuient : on castrerait un poulet à l'église qu'ils viendraient tous à la cérémonie.

Le Témiscouatèque braqua son grand nez sur Gérin : – Vous venez de la campagne, vous, mon confrère ! Et il se remit à trottiner. Le cortège remontait la grand'rue ; il passa devant la Commission des liqueurs, la chapelle anglicane, la mairie, devant les cinq banques, les trois pharmacies, les boutiques et magasins qui faisaient alors de Longueuil un centre de commerce. Peu avant l'église se trouve l'hospice des sœurs de la Providence. Or on en était aux plus beaux jours du printemps, ceux qui précèdent les feuilles et permettent d'attendre du bourgeon plus qu'il n'apportera. Les vieillards de la maison, tournés vers la rue, souriaient ; peut-être songeaient-ils à refaire leur vie ? Ce fut alors qu'ils aperçurent le grand croque-mort, le corbillard, le cortège tronqué, honteux, qui serait le leur – à moins qu'il ne le fût déjà et qu'il ne vînt les chercher ? Leur saisissement cessa lorsqu'ils apprirent qui on menait ainsi en terre.

Nous étions arrivés à l'église et déjà gravissions le perron. Le prêtre apparut dans la grand'porte au-dessus de nous avec les enfants de chœur, les cierges, la croix, et la haute voûte peinturlurée pour fond de ciel. Le cercueil était lourd. Le mort ne s'aidait guère. Un chariot nous attendait au haut du perron, sur lequel nous déposâmes notre faix. Nous n'étions pas redressés que le prêtre avait attaqué sa récitation. Gérin, l'air grave, hochait parfois la tête comme s'il était d'accord. – Tu comprends ? – Non. – Moi non plus. Un grand nez s'interposa, le Témiscouatèque dit :

– Si Dieu prenait garde à nos fautes personne ne pourrait l'affronter.

– Cela est juste, admit Gérin.

– Voulez-vous que je vous traduise la suite ?

– Non, merci... Vous en avez de la mémoire, Vous !

– Je connais ma messe des morts sur le bout de mes doigts.

Gérin et moi nous nous regardâmes : quel drôle de confrère c'était que ce docteur Bessette !

La levée du corps faite, nous passâmes dans une nef étrangement vide. Seuls les derniers bancs étaient occupés. Gérin devina-t-il à ce moment que la cérémonie se ferait à l'envers, que le tribunal s'était déplacé, qu'il ne se tenait pas à l'avant mais à l'arrière de l'église ? D'un grand geste, comme pour renverser cette disposition, il désigna les comparses, les dévotes, les rentiers, les demoiselles noires qui se tenaient là peut-être depuis des années dans l'attente de leur propre mort, qui ne s'intéressaient absolument pas à celle du dénommé Cotnoir, médecin sans réputation, notable de faubourg, bourgeois encanaillé, honte de la paroisse, damné de vieille date, et dit au Témiscouatèque :

– Ah, les braves gens ! Tous, des patients du docteur Cotnoir !

Le bonhomme s'arrêta pour voir. Gérin le poussa rudement. Le bonhomme regarda Gérin, surpris. Gérin s'excusa et le prit par le bras. Ils enfilèrent dans la grande allée derrière le chariot que le grand croque-mort poussait avec une application de bœuf pendant que les soutanes à la volée se dépêchaient vers l'autel. Je suivais les financiers. Derrière moi, la démarche jeune, avec une assurance simple qui ne bravait personne, Madame Cotnoir s'avançait, seule.

Chapitre deuxième

Pendant qu'Emmanuel revenait vers la ville par le chemin de fer qui contourne la montagne, Cotnoir, déjà rendu chez lui, à Longueuil, se couchait pour ne plus se relever. Au milieu de la nuit s'écoutant râler : suis-je saoul ou malade ? se demanda-t-il. La question posée, il comprit soudain qu'il ne disposait que d'un instant pour y répondre, ce qui le fixa sur son sort. Depuis des années, il éprouvait une grande difficulté à vivre et sans sa femme eût lâché déjà. Or voici qu'il se trouvait à l'improviste devant la simplicité de mourir, un acte qui n'implique que soi, involontaire, c'est sa faiblesse, mais qui devient propre quand on l'assume seul. Il eut la dignité de ne pas appeler. Il fit : ouf ! et sombra ; auparavant eut encore le temps de penser que sa mort titubante déjouerait tout le monde et qu'on ne se porterait à son secours que trop tard ; il n'eut pas toutefois le loisir de s'en amuser. Les mourants d'ailleurs n'ont pas d'humour ; ils voient, ils constatent, c'est tout : le moment est trop vif pour qu'ils puissent l'approfondir, l'apprécier, le goûter. L'opérateur tombe; la caméra continue d'enregistrer: un dernier bout de film qui ne sera jamais projeté. Le cœur s'arrête; les poils continuent de pousser. Tout cela fait partie du résidu et n'offre aucun intérêt.

Au petit jour, le téléphone sonna. Madame Cotnoir, qui avait une ligne dans sa chambre, attendait que son mari répondît. Après cinq ou six coups, elle décida qu'il était sorti et décrocha: on demandait un médecin. – Il est sorti, monsieur. – Lui aussi! J'en ai appelé cinq, dix: tous sortis! – Écoutez, laissez-moi votre numéro; mon mari vous appellera à son retour. – Il sera trop tard; ma femme se meurt, l'entendez-vous? L'interlocuteur dirigeant l'appareil vers le fond d'une chambre hypothétique, Madame Cotnoir entendit une sorte de râlement coupé de plaintes. – C'est ma femme. Comprenez-moi: il faut que votre mari vienne tout de suite. Il la sauvera. – Hélas, monsieur, je vous le répète: il est sorti. – Je ne vous crois pas! Et l'homme raccrocha, laissant Madame Cotnoir le téléphone à la main. La communication coupée, l'appareil se mit à bourdonner. Elle raccrocha à son tour, malheureuse et perplexe. Elle ne s'habituait pas à ces scènes qu'elle subissait pourtant depuis des années et qui se répétaient d'autant plus souvent que Cotnoir était le seul médecin de l'arrondissement à garder sa ligne ouverte au public;

les autres la laissaient à une agence qui filtrait les appels. Il en résultait que les urgences refluaient vers la voie libre, vers le numéro de Cotnoir. Comme celui-ci était parfois absent, sa femme alors essuyait les cris et les insultes. Une téléphoniste par son indifférence y coupe court. Elle, sensible et incapable de mentir, vibrant au diapason de l'interlocuteur, n'y parvenait guère. La communication terminée, elle restait souvent troublée, se demandant si elle ou son mari dans le cas n'aurait pas pu faire mieux. Et Dieu ne la rassurait guère, écho lointain de sa propre inquiétude, plein de sollicitude pour les autres et jamais pour elle-même. Elle ne le priait d'ailleurs que d'aider son mari.

Dans le petit jour les oiseaux se concertaient. Madame Cotnoir ne put se rendormir. Il lui semblait qu'ils fussent tous des étourneaux : pas une note pure, la voix d'une fauvette, seulement des criailleries. L'homme avait peut-être eu raison de douter de sa parole. *Je vous le répète, monsieur : il est sorti.* Mais elle n'avait pas entendu son mari sortir ni rentrer, et il y avait déjà un bon moment qu'elle était éveillée. Les autobus avaient recommencé de circuler dans la grisaille des petites gens. Madame Cotnoir se leva. Comme elle approchait de la chambre de son mari, elle perçut en plus rauque le râlement coupé de plaintes qu'elle avait entendu au téléphone. Elle poussa la porte : Cotnoir n'était pas sorti ; il gisait l'œil entrouvert, l'écume à la bouche, les lèvres noires.
– Je sortais justement, répondit Gérin : une femme

qui se meurt à ce que prétend le mari. Je la vois et j'arrête chez vous en revenant. Madame Cotnoir resta silencieuse. Gérin n'ayant pu s'empêcher de penser à une indisposition d'alcoolique, elle l'avait deviné et il s'en rendait compte:

– Préférez-vous que je passe d'abord chez vous?

– Non, répondit-elle, allez d'abord chez la femme.

Gérin s'amena enfin, dépeigné, la barbe longue, le manteau jeté sur le pyjama, tenue qui, l'examen fait, le gêna: il eût préféré être mieux habillé pour saluer un confrère qui se mourait vite et sans histoire. Il conseilla d'appeler le prêtre. À sept heures on en était rendu au croque-mort. Cependant Emmanuel, qui avait trouvé refuge dans un wagon de fret aux frontières de Westmount, dormait encore.

– Non, avait dit Cotnoir, vous ne le retournerez pas à Bordeaux. C'est un garçon qui me plaît. Je le prends sous ma protection.

– Qu'allez-vous en faire?

– Vous m'aiderez; c'est à Québec que nous l'enverrons.

– À quel hôpital?

– Là, vous m'en demandez trop: est-ce que je sais, moi, où il aboutira? Tout ce que je puis vous dire, c'est qu'il prendra le train, ce soir, à la gare Jean-Talon. Rendu à Québec, il se débrouillera… N'est-ce pas, Emmanuel, que tu te débrouilleras?

Emmanuel, tout en contenance, les mains sur les genoux, le sourire d'un sourd, n'avait pas répondu, ailleurs : un chien venait d'aboyer dans la rue...

– Emmanuel, le docteur te parle !

– N'est-ce pas, Emmanuel, que tu te débrouilleras ? Il le faut, tu m'entends !

Emmanuel, tout surpris, s'était trouvé face à face avec un visage véhément.

– Comme de raison, avait-il répondu, n'y comprenant rien du tout.

Ç'avait été à ce moment que la voisine était intervenue :

– Vous ferez bien comme vous voudrez, docteur, mais vous ne réussirez pas.

– Pourquoi ?

– À cause de la casquette.

– La casquette ?

– La casquette des employés du train : Emmanuel la prendra pour celle des agents de police ; il aura peur et vous l'échapperez.

Elle avait peut-être raison.

– Eh bien, dit Cotnoir, nous lui en trouverons une, une casquette de police ! Une grande, une raide, avec un bel écusson doré. Il la portera et n'aura plus peur.

Mais la voisine n'avait pas semblé très convaincue.

– Qu'avez-vous à proposer ?

– Rien. Je dis simplement que vous l'échapperez.

– Il sera mieux échappé qu'à Bordeaux. Et si, par chance, il pouvait se rendre à Québec, là, il serait sauvé ; il tomberait sur un bûcheron qui l'emmènerait avec lui dans les chantiers. Les papeteries ont leurs bureaux d'embauche dans la rue Saint-Paul, tout près de la gare du Palais. C'est plein de simples d'esprit, les chantiers ! On les emploie à la coukerie. On s'amuse à leurs dépens, bien sûr, mais sans méchanceté, à la bonne franquette. Et ils rencontrent ainsi, les pauvres, la fraternité humaine qui manque à Emmanuel et seule peut le guérir.

– Et s'il ne tombait pas sur votre bûcheron ?

– La police le ramasserait. Seulement à Québec on est peut-être plus humain qu'à Montréal.

Le chien dans la rue avait aboyé de nouveau à la grande satisfaction d'Emmanuel.

– Tu iras à Québec et de Québec tu monteras dans les chantiers, m'entends-tu ?

– Comme de raison.

Cotnoir s'était levé.

– Mon mari est à la veille d'arriver, avait dit Madame Aubertin. Je lui en parlerai.

– Je repasserai dans la soirée.

– Mais il faut qu'Emmanuel ait quitté la maison aujourd'hui, vous m'entendez !

– Ne vous en faites pas, Madame Aubertin, il quittera la maison aujourd'hui.

– Je ne peux plus le garder. Pourquoi nous l'a-t-on envoyé ? C'est un fou. On nous a trompés. Il n'était pas guéri.

Sur cela Cotnoir avait quitté la maison, pressé d'aller souper. Il n'y manquait jamais. À sa femme, il rendit compte de sa journée. À vrai dire il ne lui parla que d'Emmanuel.

– Oui, lui dit-elle, il faut sauver ce garçon.

Quand le curé se pencha sur le moribond, celui-ci roulait sous les râles et semblait perdu à jamais, déjà sourd, aveugle et inconscient, n'ayant que la force de signifier la tempête qui l'engloutissait. Le curé cria :

– M'entendez-vous, mon frère ?

Cotnoir l'entendit-il ? Il répondit :

– Un billet pour Québec.

Chapitre troisième

L'hiver se gâte toujours à la fin. Ses vestiges étaient tels, dans les coins sombres de la journée, échappant au soleil, qu'une colombe ne s'y serait pas posée. C'était depuis quelque temps déjà le printemps des corneilles. Les maisons étaient redescendues à la place même qu'elles occupaient avant la neige, respectueuses du cadastre du comté de Chambly. Dans la rue, les chiens crottés riaient de toute leur gueule.

Or, en fin d'après-midi, avant le retour des journaliers, après celui des écoliers, dans cette rue, ouverte de l'été précédent et qui n'était pas encore nommée, un flow s'attardait, penché sur les rigoles. Il releva soudain la tête : prévenu par le bruit de ferraille, Cotnoir passa au volant de sa limousine, la face vultueuse, le cou rentré, tout d'un bloc. Sur la banquette arrière, il n'y avait personne. Le flow rentra. D'ailleurs le soleil déclinait, les chiens avaient cessé de rire. Derrière les maisons du côté sud, cependant, le marais restait animé, même qu'il avait un regain : le chant des grenouilles, en effet, à ras d'eau durant le jour, s'élève avec le soir pour célébrer la lune des bourgeons et conjurer le retour du gel ; il imprègne alors tout le faubourg. Ce marais, communément appelé petite swompe, se situait en haut du Coteau-Rouge, à la frontière des paroisses Saint-Hubert et Saint-Antoine-de-Longueuil. Il est depuis peu asséché. Ce fut sur ses bords – on le nommait alors petite savane – que le Beau Viger et ses hommes s'embusquèrent, le long du Chemin de Chambly, pour attaquer les Habits rouges et déclencher la révolte de 1837. Les Habits rouges s'enfuirent comme des chiens. le Beau Viger eut le bout du pouce coupé. Un peu de sang, le bruissement des quenouilles, la splendeur de l'automne, tout cela sur une ligne idéale reliant les monts Royal et Saint-Bruno... À sa mère, le flow annonça ce qu'il avait vu. Celle-là, s'approchant de la fenêtre, entr'ouvrit les rideaux : le *corbillard* était devant la maison des Aubertin.

« De quoi peut-il s'agir ? » se demanda Cotnoir en descendant de son haut véhicule. Au téléphone une soi-disant voisine avait crié à l'urgence ; il n'en avait pas appris davantage, car elle avait raccroché. *Une coupure et le sang les aurait affolés ? Non, puisqu'il n'y a pas de garçon chez les Aubertin. Alors, une pâmoison ?* Cotnoir n'aurait eu qu'à entrer pour le savoir. S'il ne se pressait pas, devinant, conjecturant, imaginant, c'était pour reprendre ses esprits.

Étant donné le nombre de femelles, calcula-
t-il, *six filles et leur mère, ce serait plutôt trois
pâmoisons : une pâmoison principale et deux
secondaires, ce qui laisserait quatre filles dispo-
nibles, une pour les compresses froides, les
autres pour la friction au gros sel des mains et
avant-bras des pâmées. De sorte que tout le
monde est à l'œuvre. Cela expliquerait que personne n'ait guetté mon arrivée et ne sorte pour
me presser d'entrer.* Justement : par où entrer ?
Par en avant, par en arrière ? Cotnoir avait l'haleine courte, il ménageait ses pas, bien obligé,
mais surtout lorsqu'il dessoûlait ; alors il en
était avare. Le plus court chemin eût été de passer par en avant ; il eût risqué, toutefois, si le régime d'hiver n'était pas encore révolu chez les
Aubertin, de se cogner à une porte condamnée.
Il contourna donc la maison.

À la lisière des quenouilles, au fond de la
cour, les immondices de l'hiver ressortaient autour d'une carcasse d'auto. Cette vue lui rappela
les corneilles oubliées au-delà des murs et cloi-
sons des mille espaces fractionnés d'une journée, les corneilles déjà si lointaines aperçues le
matin même, au petit jour, çà et là sur les cor-
des à linge du faubourg endormi. *C'est le printemps des charognes. Après, viendra celui de la
poussière, chienne de vie !* Si la fin de l'après-
midi le rendait ainsi nerveux, inquiet et attentif,
c'était à cause de sa femme. Il ne déjeunait, ne
dînait, ne couchait plus avec elle, ayant reconquis

sa liberté de vieille bête et de médecin popula-
cier. Le souper tenait encore, vaisselle de porce-
laine, cristal, le tout sur nappe de dentelle. Il lui
fallait laver ses mains tremblantes et parler poin-
tu avec une langue épaisse. Il ne parvenait pas à
s'habituer à la cérémonie, mais ne pouvait pas,
non plus, s'en passer. Elle était peut-être son uni-
que raison de vivre. Que racontait-il au cours de
ces soupers ? Les bontés qu'il avait eues et le pit-
toresque des banlieues. Tout cela sur un fond
brouillé. C'était, pouvait-on dire, une sorte d'œuvre d'art, aussi, peut-être, un acte d'amour, car sa
femme, qui ne sortait jamais, vivait de sa chasse
quotidienne de faits divers et d'images. Il était
l'intermédiaire entre elle et le monde, entre le
style et la nature – et l'écart est si grand en notre
pays ! C'était là sa grande difficulté.

Il entra dans la maison, se débotta vivement, traversa la cuisine comme un caisson, n'y
voyant goutte, y voyant mieux, s'adaptant peu
à peu au monde ténébreux des femmes, pour
aller s'asseoir sur le divan, en dessous de la tête
d'orignal, dans le salon, comme il avait accou-
tumé. Madame Aubertin le suivit, et deux ou
trois fillettes. Les autres étaient restées dans la
cuisine, regardant par la porte. Tout ce monde
était fort attentif et se taisait. On entendait le
bruit d'un robinet qui coulait. Cotnoir profitait
du répit pour reprendre souffle. Bientôt la voisine apparut et le mit au courant du fou, du
mental, comme elle disait.

– Un mental, c'est extraordinaire, ça !

– Oui, docteur, et dangereux. D'abord il a voulu plumer les perruches.

– Bah ! s'il a été, comme vous disiez, plumeur de volailles pendant vingt ans.

– C'était avec une mauvaise intention, en jetant des regards à ses cousines.

– Hé ! Hé !

– Ensuite…

– Eh bien, qu'a-t-il fait ?

– Il s'est déculotté.

Madame Aubertin s'interposa :

– Il n'était pas guéri, je le savais bien.

La voisine reprit :

– Je me suis empressée de vous téléphoner.

Cotnoir :

– En effet, c'était urgent comme tout !

Madame Aubertin :

– C'est moi qui lui ai demandé de vous appeler : je ne voulais pas de la police. N'y aurait-il pas moyen de le placer ailleurs qu'à Bordeaux ?

– Où est-il, votre gibier ? demanda Cotnoir.

Il se fit un silence. Le robinet n'avait pas cessé de couler.

– Il est dans la salle de bains, répondit la voisine. Quand il ne rôde pas autour des perruches, c'est là qu'il se tient. Il ouvre le robinet, et le robinet coule, coule à longueur de journée.

Chapitre quatrième

Aubertin, le charbonnier, était maître chez lui. Cela se voyait aux calendriers de la maison, dont l'image était entièrement consacrée à la représentation de la nature sauvage, des montagnes, des eaux, des forêts, et à une tête d'orignal, énorme dans le petit salon, les yeux gros, renfrognée sous son panache, qui ne disait mot ; on ne pensait pas moins que derrière ce trophée, comme derrière le paysage des calendriers, il y avait le chasseur, l'autorité du mâle, le charbonnier lui-même, fusil sur l'épaule et poignard à la main. Dans la chambre attenante au salon, près du lit conjugal, et faisant face, quand la porte était ouverte, à l'orignal, une statue de Notre-Dame-des-Sept-Douleurs offrait son cœur et sept couteaux avec un petit air simplet et narquois qui montrait à la grosse bête qu'il y a toujours moyen de désarmer un chasseur. La femme du charbonnier était une personne assez bien conservée, et, quoique son mari fût le maître céans, qui triomphait dans le ménage, ayant

43

six filles à l'image de sa jeunesse, six filles au teint de lait, riant en sourdine, et point de garçon. D'une telle progéniture l'orignal était-il responsable ? Un ours n'aurait-il pas eu meilleure influence ? – À moins, disait-on à Aubertin, pendant qu'il en est encore temps, que ta femme ne remplace sa statue par un portrait d'Olivoude, tout ce qu'il y a de plus guidoune ! Mais le charbonnier haussait les épaules – Un fils ? Pourquoi ? Il n'y pensait même pas, tout à ses filles, désarmé, dominé par elles, l'amour plus haut que la tête, la paternité ligneuse, le contentement énorme.

Sa maison avait longtemps été en avance sur le faubourg, seule au bord de la petite swompe, à cinq minutes de marche du Chemin de Chambly, une maison qu'il avait bâtie par jalousie, parce qu'il était charbonnier et que sa femme, alors toute jeunette, avait la peau blanche, parce qu'il avait pensé, non sans raison, l'avoir mieux à lui loin du monde. Mais quel ennui pour elle ! L'été les broussailles emprisonnaient la maison qui n'avait alors de vue que sur les marais. L'hiver, au moins, quand les quenouilles brunissaient au-dessus de la neige, la jeune femme pouvait-elle apercevoir, de l'autre côté, au travers des arbustes défeuillés, les maisons du Coteau-Rouge, les fumées de la ville, le mont Royal ! Encore si elle avait pu s'entourer d'images à son goût, d'actrices et de buildings ! Mais c'était son mari qui les choisissait, ajoutant à la broussaille des forêts, au marais des lacs et des rivières, à sa captivité des montagnes, non content de la laisser seule toute la journée avec un orignal qui ne la quittait pas des yeux !

Puis les années avaient passé, laissant au couple sa progéniture, et le faubourg s'était peu à peu approché ; finalement une rue avait relié la maison au Chemin de Chambly. L'attention d'Aubertin, cependant, était passée de sa femme sur ses filles. À chacune il avait acheté une perruche et une grande volière où elles jacassaient, toutes six. Ces oiseaux avaient introduit dans la maison une sorte de joie aérienne, ingénue et cocasse. Le charbonnier n'était plus l'ennemi du monde ni de la société ; bien au contraire, il pensait à devenir échevin. Il y avait encore de la femelle là-dessous, de la femelle grouillante : ses six filles à qui il tenait à en imposer. Il avait oublié le jaloux, le sauvage. Parce qu'il s'était établi le premier dans l'arrondissement, il se prenait pour un pionnier, un fondateur, et entendait laisser son nom à une rue. Il s'était même acheté un chapeau, lui qui n'en avait jamais porté. Or, un jour, il reçut une lettre officielle où il était dit que la société avait besoin de lui. Cette lettre ne le surprit pas : il l'attendait depuis quelque temps déjà. Il mit son chapeau et partit triomphant vers les grands buildings de Montréal.

Une demoiselle, beaucoup plus forte en lunettes qu'en tétons, l'accueillit. Elle avait une voix de haut-parleur. Robot persuasif, elle dit :

– Monsieur Aubertin, vous êtes un citoyen responsable, un propriétaire ; la société repose sur vos épaules ; il est à votre avantage de lui venir en aide pour l'alléger.

Aubertin répondit :

– Mademoiselle, vous parlez comme je pense.

Et il s'attendait, l'expectative verticale, un babouin prêt à grimper dans le mât, à ce qu'elle continuât dans les hauteurs à causer gouvernement, ministres, auge à finances... Le babouin resta cul contre terre : la demoiselle avait plongé et parlait famille, devoirs envers les parents. Cela n'annonçait rien de bon. Effectivement, avec des « N'est-ce pas, monsieur Aubertin », elle lui colla un cousin qu'il n'avait pas vu depuis dix ans, le cousin Emmanuel en séjour à Bordeaux, côté folie, pour s'être déculotté sur un balcon, au vu et su de la population, dans le but, non seulement de s'exhiber, mais encore de pisser sur celle-ci.

– Rassurez-vous, monsieur Aubertin : il a été traité, il est guéri. Il suffit maintenant de l'aider à se réadapter. Tout ce que nous vous demandons, c'est de le garder chez vous une semaine ou deux.

Monsieur Aubertin n'était pas enchanté. Cela parut sans doute. Le robot enleva ses lunettes et s'approcha de lui : des petits seins de rien du tout – pourquoi ne pas les enlever aussi ?

– Voyons, monsieur Aubertin, il faut que vous acceptiez de bon cœur !

À tout prendre la demoiselle faisait bien de les garder : ils donnaient une impression de sincérité.

– C'est de bon cœur, Mademoiselle.

Voilà ce qu'il lui répondit. Seulement, quand il fut sorti, hein, il se serait mordu le front, se jurant bien de ne plus penser à la politique. Puis, en homme respectueux de sa parole, il passa prendre livraison du cousin Emmanuel. Celui-ci était un pauvre hère confus et tremblant, complètement perdu derrière sa contenance. Comme la journée était froide et qu'il n'avait pas de couvre-chef, Aubertin lui tendit son chapeau d'échevin. Emmanuel le mit gravement. Et ils s'en allèrent à la maison. Aubertin ne regardait personne. Emmanuel, derrière lui, saluait les passants.

Chapitre cinquième

Nous le garderons deux semaines. Il nettoiera la cour, ça l'occupera, et quand il fera beau, nous pourrons y semer du gazon. Il a besoin de nous. Ce n'est pas un chien; c'est un être humain, un parent; nous ne pouvons pas le renvoyer. Tu as vu? Il a peur de tout; le moindre bruit l'inquiète; on l'a sûrement battu, il faut l'apprivoiser. Deux semaines, c'est vite passé, pas un jour de plus, je te le jure. Ces deux semaines suffiront à le réchapper, à le ramener à ce qu'il était, à l'arracher à cette peur qui m'énerve à la fin! Qu'est-ce qu'on lui a fait? Pourquoi est-il toujours rendu à la salle de bains? Ce n'est pas normal, ça! Mais peut-être était-ce le seul endroit, là-bas, où il trouvait la paix? Un refuge auquel il s'est habitué, où il retourne malgré lui; il ouvre le robinet pour faire croire qu'il est à se laver. Le bruit de l'eau le fascine peut-être... Fou? à moins qu'il ne soit devenu fou? Pourquoi alors la demoiselle à lunettes m'aurait-elle assuré qu'il était guéri? Je vais te dire, ma

femme, moi, ce que je pense : je pense que tout
le mal lui vient de cette maudite prison. On ne
l'a pas soigné, on l'a remis à des bourreaux. J'en
ai vu quelques-uns : tous, ils avaient l'air de
s'ennuyer ; à tout instant ils regardaient l'heure ;
c'était presque le temps mort de l'enfer. Les
bourreaux sont comme les diables : c'est l'ennui
qui les enrage contre leurs victimes. Or, je te le
dis, ma femme, tous les geôliers, tous les poli-
ciers, tous les infirmiers que j'ai vus là-bas sem-
blent craindre que l'aiguille de leur montre ne
soit arrêtée. Ce fut à eux qu'on a remis mon
cousin. Le juge a dit : – Le garçon a besoin
d'être traité, et il l'a remis aux bourreaux. Le
bon juge que c'était ! Les bourreaux ont fait leur
besogne et tu vois le résultat, ouvrage garanti !
S'ils avaient mis la patte sur toi, ma pauvre
femme, tu serais de même, l'oreille dressée,
épiant les bruits, tous effrayants sauf celui de
l'eau, de l'eau du robinet qui coule, qui coule,
pût-il ne s'arrêter jamais !... Emmanuel était un
bon garçon, pas futé, mais serviable, enclin à
faire rire à ses dépens. Un innocent ? Non, la
preuve en est qu'il a gardé pendant vingt ans
son emploi de plumeur de volailles, jusqu'au
jour où son boss est mort. Il n'était pas un
innocent, il faisait l'innocent, c'est différent. Il
jouait là un rôle pour lequel il avait des disposi-
tions, bien entendu ! N'empêche que ce n'était
pas lui, l'innocent ; c'était le personnage que tout
le monde désirait, appelait et qu'Emmanuel

devenait pour faire plaisir à tout le monde. Il n'avait pas de famille ; il cherchait ainsi à se faire adopter. Un jour, son boss est mort. Le successeur manquait peut-être de patience. De son côté Emmanuel s'imaginait qu'après vingt ans de service on ne pouvait plus le congédier. Ils se sont regardés de travers et ce fut Emmanuel, tu penses bien, qui a pris la porte. À partir de quoi il a erré de taverne en taverne... Pourquoi l'a-t-on coffré ? Il était sans doute rendu à bout. Il paria qu'il pouvait – ne le répète pas aux enfants – d'un balcon pisser sur la population. Pas chanceux dans son pari, il a gagné d'aller dans la prison des fous, dans un enfer plus noir que l'enfer du bon Dieu, lui qui n'avait jamais fait de mal à personne, n'ayant cherché qu'à plaire à tout le monde. Le jour où il est entré dans cette prison, oui, il était – et cette fois sans jeu, sans comédie – il était véritablement un innocent... Pisser sur la population ? Elle ne le méritait pas, non, elle qui permet de pareilles infamies ? En tout cas, ma femme, Emmanuel est notre hôte. Nous l'aiderons à repartir. Fais-lui nettoyer la cour, ça l'occupera, et quand il fera beau, nous sèmerons du gazon jusqu'à la lisière des quenouilles.

Voilà le discours édifiant qu'Aubertin avait tenu à sa femme, laquelle ne fut pas trop rassurée, à cause du fou, bien entendu, mais aussi du cœur que son mari mettait dans cette affaire et qui la transformait en aventure. Quant aux bons sentiments exprimés, ils sont communs dans le peuple; c'est la difficulté d'y vivre, le courage que cela exige, qui les commandent... Aubertin non plus n'était pas trop rassuré. Pour quelles raisons sauver un cousin qu'il connaissait à peine? La parole donnée à une inconnue, la haine des institutions sociales, la compassion? Oui, il y avait de tout cela, mais tout cela restait secondaire au mouvement principal, mouvement de l'homme capricieux et imprévisible, à sa puissance d'improvisation toujours latente, qui garde le drame à sa portée et lui permet de supporter la société, la fourmilière. Aubertin improvisait, voilà qui l'inquiétait de la part d'un père de famille, d'un propriétaire. Il ignorait la conclusion. Il s'agissait du sort d'Emmanuel, bien sûr, mais aussi de la réaction d'une petite communauté humaine au malheur d'un homme. Quelle allait être cette réaction? Le malheur peut-il se guérir? Ou passe-t-il d'un individu à l'autre? Rien ne se perd-il en ce monde? Sauver Emmanuel, mais au détriment de qui? Or, dans le groupe qu'Aubertin avait exposé se trouvaient six pucelles, une volière. C'était la prunelle de ses yeux qu'il avait mise au jeu. Il n'était pas rassuré du tout. Aussi, lorsqu'il apprit, le lendemain, à son retour du travail, que le cousin avait commencé de s'intéresser aux perruches, devint-il franchement inquiet.

— De beaux oiseaux, hein, Emmanuel?
— Comme de raison.

– Dis-moi : tu ne serais pas tenté, des fois, de les plumer ?

Emmanuel jeta un regard du côté de ses cousines.

– De les plumer comme tu as fait si longtemps des volailles ?

Emmanuel répondit :

– Comme de raison.

Mal lui en prit. Aubertin s'écria :

– Ne t'avise jamais de leur toucher, je te tuerais, tu m'entends !

Emmanuel eut si peur qu'il lui sembla que l'orignal avait parlé. Il alla s'enfermer dans la salle de toilette. Le robinet se remit à couler. Sur les entrefaites, la voisine qui était une pie, une guêpe, un animal curieux, malveillant et utile, voire indispensable, s'était amenée aux nouvelles. Aubertin qui ne s'était pas lavé, encore tout barbouillé de charbon, lui demanda si elle ne prendrait pas soin du cousin. Elle n'avait pas d'enfants, elle était fine, avisée.

– Mais mon mari est bien trop jaloux.

– Comment peut-on être jaloux d'un pauvre innocent ?

– Pas si innocent que ça !

Le charbonnier n'insista pas. Il voulut néanmoins savoir comment elle aurait agi à sa place.

– J'aurais laissé le cousin là où il était.

– Vous n'avez pas de cœur !

Et sans doute pour montrer qu'il en avait, lui, il se leva.

– Si je n'ai pas de cœur, vous n'avez pas de tête. La preuve en est que vous êtes bien embêté avec votre fou et vouliez me le refiler, oui, pour qu'il me plume toute vive !

– Plumée, vous l'êtes depuis longtemps !

Madame Aubertin s'interposa. La voisine était sa conseillère, son amie. Mais la voisine, maigre alors qu'elle eût aimé être une bergère plantureuse et dont la nudité était un peu celle de l'oiseau plumé, fut d'autant plus piquée qu'Aubertin parlait en connaisseur. Elle était sur le point de dire des choses qui eussent été désagréables à tout le monde, Aubertin le sentit bien :

– Ne vous fâchez pas, voyons !

– Allez donc vous laver, vous !

En même temps, elle sondait la porte de la salle de toilette, verrouillée de l'intérieur. Elle se mit à rire.

– Il vous reste la swompe.

Et elle sortit, laissant le charbonnier barbouillé comme il ne l'avait jamais été, au dedans comme au dehors, et bien malheureux, ma foi !

Chapitre sixième

Quand il logeait chez un défunt dont il était le soi-disant ami de collège ou le supposé copain d'université, le docteur Bessette qui se nommait en réalité Bezeau, qui était de l'Abitibi et non du Témiscouata, avait coutume de se lever tôt. La mortalité bouleverse toujours une maison. À l'habile homme d'y trouver son bien, un peu d'argent, quelques bijoux, de quoi vivre entre deux funérailles. Le petit matin se prêtait bien à cette opération.

Le bonhomme ne dérogea pas à son habitude; il descendit de sa chambre vers les six heures. Dans le salon deux petites nonnes veillaient au corps de Cotnoir, dont la vue ne le chagrina pas, bien au contraire: si ç'avait été des parents, ils l'auraient entendu descendre, belle occasion d'abandonner leur poste, tandis que les petites nonnes ne bronchèrent même pas. Il en profita pour fouiller leurs grandes mantes noires, pendues près de la porte d'entrée; il trouva les quelques pièces qu'on leur avait données pour leurs bonnes œuvres, prit sa juste part, et fit de même dans une cassette qu'il découvrit dans une armoire de la cuisine. Puis il se mit en frais de se préparer un bon déjeuner. Pendant que l'eau chauffait, le temps d'aller dans le cabinet du confrère, il revint avec un vial de Démérol et vingt-deux ampoules de morphine, un butin qui dépassait ses espérances et qu'il s'empressa de monter mettre en sûreté dans sa grande valise. Il redescendit aussitôt et mangea de bon appétit.

Quelques minutes plus tard, Madame Cotnoir descendait à son tour. Après une petite prière en leur compagnie, elle donna congé aux nonnes qui remirent leurs grandes mantes noires et s'en allèrent. Puis, pénétrant dans la cuisine, elle eut un mouvement de frayeur.

– Quoi! L'odeur du café ne vous avait pas prévenue?

– Ah, vous êtes levé!

– Votre déjeuner est prêt, Madame; asseyez-vous et mangez.

Il semblait si content de son repas qu'elle s'attabla quoiqu'elle n'eût pas faim du tout. Il la servit et dit:

– Mangez, vous en avez besoin. Moi, durant ce temps, j'irai tenir compagnie à notre pauvre ami.

Lorsqu'il fut en présence du mort, il ne put s'empêcher de pleurer: un vial de Démérol, vingt-deux ampoules de morphine, il était

millionnaire, il en avait pour une semaine au moins! Et lui qui avait craint que Cotnoir, déjà ivrogne, ne fût aussi narcomane! De plus, il avait glané une vingtaine de dollars, de quoi se payer le billet pour la Nouvelle-Angleterre si jamais un confrère venait à y mourir, un confrère de Laval ou de Montréal, s'entend, parce que les autres... Il lui était arrivé une mésaventure : s'amenant à Boston pour les funérailles d'un médecin nommé Maheu, de son prénom Arthur, et s'étant écrié comme à l'accoutumée :
– Ah, pauvre Arthur! Ah, pauvres nous!, on l'avait regardé avec des grands yeux ; personne dans la maison ne parlait le français et lui de son côté ne disait pas un mot d'anglais. Renseignement pris, ledit Maheu était un Américain de vieille souche et avait étudié à l'Université du Vermont. Ç'avait été à la suite de cette déconvenue qu'il avait décidé de limiter sa pratique aux seuls anciens de Laval et de Montréal.

Le cou rentré, la petite moustache lui sortant du nez, tout d'un bloc, du moins à ce qu'on en voyait, Cotnoir était étrangement absent. Le Témiscouatèque ne le reconnaissait pas, mais pas du tout! Il n'en fut pas surpris. Ce qui l'intriguait, c'était qu'il n'eût pas de famille. *Comment se fait-il, pauvre vieux, qu'avec ta gueule de bon pompier tu sois tout seul au monde?* Il y avait là une énigme. *Tu n'es pas né sur la paille, ayant du foin pour te faire instruire et devenir médecin. Comment tes parents s'y sont-ils*

pris pour faire un trou dans le paysage et te lais-
ser de l'autre côté, orphelin? Accidents d'auto,
noyades, on n'avait pas ces moyens-là durant
ton enfance? Le bonhomme soudain se frappa
au front, il avait trouvé : la grippe espagnole !
Quant à la Française, elle ne posait pas de pro-
blème : son doctorat dans sa poche, Monsieur le
petit médecin, le cou rentré, la moustache com-
mençant à lui sortir du nez, ramassé comme un
bouvillon, ayant été se parfaire dans le beau
pays de France, il était assez naturel qu'il n'en
fût point revenu seul et ramenât, orphelin qu'il
était, une orpheline. Et ils n'avaient pas eu d'enfants de peur de mettre au monde des orphelins,
bien entendu !

Voilà ce que le Témiscouatèque pensait en
lui-même, agenouillé sur le prie-Dieu qu'avait
occupé une des petites nonnes. Mais ces pen-
sées, par mégarde, lui avaient asséché les yeux,
il en fut désolé. Hé ! il n'était pas pour laisser
partir le bon vieux Cotnoir, son alter ego de
l'Université, sans montrer une peine sincère. Il
rappliqua vers la morphine – vingt-deux ampoules sans compter le Démérol – et les larmes
revinrent, heureusement. Pour les entretenir, de
la morphine et de la sécurité qu'elle lui appor-
tait, il passa à sa femme et à ses trente années de
pratique honnête en Abitibi. Les larmes continuèrent tant bien que mal. De temps à autre il
se mouchait en trompette. Enfin Madame Cotnoir s'amena, il fut bien content même s'il parut

contrarié d'avoir laissé surprendre son cœur. Il s'épongea les yeux vivement et reprit contenance avec un mouvement de vieille coquette. La veuve s'était agenouillée sur le prie-Dieu voisin. Elle regarda son mari longuement et, elle aussi, ne sembla pas le reconnaître. Le bonhomme comprit-il sa détresse ? Il lui dit :

– Ne le cherchez pas où il n'est plus ; dorénavant il est en vous.

Des paroles empruntées, peut-être, mais qui venaient à propos. À courir les mortalités le bonhomme avait appris à s'y faire entendre.
– Merci, fit la veuve, fermant les yeux. Il rétorqua, en chuchotant et sans broncher, comme on fait à l'église lorsqu'on a à se parler : – Merci de ne pas l'avoir abandonné.

La veuve se demanda-t-elle ce qu'il voulait dire ? Elle finit par répondre :

– Pourquoi l'aurais-je abandonné ?

– Vous auriez pu faire comme tout le monde, le remettre entre des mains mercenaires.

– La maison est grande ; il m'était plus facile de le garder ici.

– Dans la chapelle du croque-mort, il eût été seul douze heures par jour, à la merci des rats.

– Vous êtes un homme excessif, docteur Bessette.

– Le sujet me tient à cœur. Il n'y a pas de bon Dieu sans amour et piété pour les morts… M'entendez-vous ?

– Oui, et je le pense aussi.

– Où en est ce culte, de nos jours ? Un homme vient-il à mourir, on s'empresse de le remettre à des gens qui n'ont pas plus de religion que des bouchers. Autrefois on recourait à l'embaumeur, mais il y avait un parent pour le surveiller. Et l'on ne quittait pas la dépouille des yeux, de la mort jusqu'à l'ensevelissement. Aujourd'hui on abandonne les pauvres trépassés à de purs étrangers, on les expose dans des temples hideux où ils restent seuls de dix heures du soir à dix heures du matin.

– Oui, je sais.

– Et qui règne sur ce temple ? Un commerçant, Madame. Vous ne vous rendez pas compte qu'on est en train de constituer une nouvelle religion, une religion barbare et inhumaine dont le grand croque-mort sera le pape ?

– Vous exagérez, docteur Bessette. C'est l'architecture qui se transforme. Les maisons sont trop petites pour recevoir les morts.

– C'est l'architecture qui exprime d'abord une civilisation. Si les maisons sont trop petites, qu'au moins des personnes consacrées, des prêtres, des moines, des nonnes remplacent les parents !

Madame Cotnoir ne répondit pas et le Témiscouatèque, se rongeant les poings, n'osa plus troubler son recueillement. Bientôt les croque-morts s'amenèrent pour préparer les funérailles. *Regardez donc un peu comme ils sont gras, rougeauds et bien portants. Et leur mine, elle est impayable, leur mine de faux apôtres !*

Madame Cotnoir se leva pour sortir. – Je les hais, dit le Témiscouatèque. Et il la suivit. Ils passèrent dans la cuisine. C'est là que je les rejoignis. J'avais apporté ma trousse. – Ah, mon sauveur! s'écria le docteur Bessette. Et, sans plus de paroles, il me fit signe de le précéder. Nous montâmes dans sa chambre. Il enleva son veston.

– Vous avez bien dormi?

– Plutôt mal.

– Et votre douleur?

– Languissante, mon jeune ami. Vous l'avez blessée, un rien peut la guérir. Achevez-la, la garce!

Il releva sa manche de chemise et me tendit le bras. La veille, je l'avais piqué dans la fesse et n'y avais rien noté. Le bras, par contre, était criblé de petits points galés indiquant qu'il n'en était pas à sa première injection. Sous la peau le muscle était induré. J'eus un moment d'hésitation. Le Témiscouatèque me regardait fixement avec des petits yeux insolents et narquois.

– Pauvre bras! fit-il. Il en a reçu, n'est-ce pas?

– Oui, en effet.

– Anémie grave: trois injections de foie de veau par jour, c'est cela qui m'a sauvé.

Je lui donnai sa morphine. Il rabaissa sa manche et remit son veston.

– Hé! mon jeune ami, vous m'avez quand même soupçonné d'être un narcomane, soyez franc.

– Oui, fis-je avec gêne.

– Eh bien, je vais vous expliquer comment, même si je le voulais, je ne pourrais pas le devenir. Il est encore tôt, de bonne heure, comme on dit si bien ; assoyez-vous et écoutez-moi.

Je pensais à Madame Cotnoir ; j'étais assez curieux d'écouter le bonhomme mais je souffrais surtout du délaissement de celle-là.

– Mais assoyez-vous donc !

À ce moment, par la porte de la chambre restée ouverte, j'aperçus au pied de l'escalier Gérin qui arrivait justement. Je m'assis et le docteur Bessette me dit, tout à son aise :

– Vous n'avez pas connu, vous, le docteur Antoine Bezeau, un pionnier de l'Abitibi. Il fut le confrère de Cotnoir et le mien. C'était une sorte d'imbécile, travailleur, honnête et pauvre, bien entendu. Reçu médecin, alors que l'heureux Cotnoir vogue vers l'Europe, il s'établit, lui, à La Flèche, un petit village qui n'a que de la glaise dans sa cave, pas minier pour un sou, agricole à cent pour cent. Là il trime, se paye une maison et, trois ans plus tard, épouse l'institutrice du village. Ils sont l'un et l'autre dans la trentaine, et vierges : vous voyez le portrait. Chose curieuse, ils s'aimèrent, ils s'aimèrent beaucoup, eurent un fils et une fille, et continuèrent de s'aimer ensuite. Ils vivaient humblement. Bezeau pratiquait une bien petite médecine, inquiète, scrupuleuse, et n'inspirait confiance à personne ni à lui-même.

– Il était honnête.

– Son revenu s'en ressentait. Il réussit quand même à faire instruire ses enfants : le fils devint ingénieur et se fixa en Ontario où il épousa une Irlandaise, la fille entra au couvent. Avec l'un comme avec l'autre il perdit peu à peu contact. Il n'en souffrit pas trop à cause de sa femme. Mais, un jour, celle-ci tomba malade et les chirurgiens d'Amos ne purent rien pour elle ; quelques applications de radium et on la renvoya à la maison, bonne à mourir. Elle survécut un an. La morphine lui faisait grand bien. Après l'injection, cependant, habituée à partager tous ses plaisirs, elle ne pouvait pas s'empêcher de demander à son mari et médecin d'en prendre une, lui de même. Elle était amaigrie, pitoyable. Comme il refusait toujours, elle le menaça de refuser aussi le seul réconfort qui lui restait. Il lui fallait donc céder. Désormais quand il la piquait, Bezeau se piquait aussi, il s'allongeait près d'elle, elle lui prenait la main et ils étaient ensemble dans une même euphorie. Une étrange, très étrange lune de miel. Puis, sa femme morte, il continua de se piquer, négligeant sa pratique et attirant sur lui l'attention de la police des narcotiques. Il se trouva bientôt sans morphine, sans argent, sans maison. Où aller ? Chez son fils ? Mais on n'y parlait que l'anglais, lui ne sait que le français. Mourir, comment faire ? Son embarras était extrême, une nouvelle anodine l'en tire : le décès d'un confrère qu'il n'avait pas vu depuis trente-cinq ans, dont il ne se rappelait même pas le visage. Et où, ce décès? À Rimouski, une ville où il n'a jamais été. N'importe, il se rend au couvent de sa fille, emprunte le prix de son passage. Et le voilà parti, au mépris de son âge, au mépris de sa conscience, au mépris de tout, le voilà parti à l'aventure, allant d'une funéraille à l'autre, par tout le pays! Et lui qui n'était qu'une sorte d'imbécile, il devint intelligent, très intelligent.

Le Témiscouatèque me fixa de ses petits yeux insolents.

– Au fait, vous vous demandez peut-être pourquoi le docteur Bezeau n'est pas ici?

– Oui, c'est vrai, osai-je dire, je pourrais me le demander.

– Il est mort, mon jeune ami, et personne n'en a rien su, personne n'en saura jamais rien.

Là-dessus, il me montra la porte et je sortis.

Chapitre septième

Quand Aubertin rentra, ce soir-là, il trouva sa femme muette, ses filles sérieuses, occupées à leur petit tracas, et les perruches attentives derrière leur masque sardonique. Il pensa que l'aventure était terminée, qu'Emmanuel avait cessé d'être leur hôte. Le robinet ne coulait plus. Rien dans la maison ne subsistait du trouble que le malheureux avait apporté.

Le charbonnier fut sur le point de craindre qu'on ne l'eût renvoyé sans sa permission : il l'aperçut, de tout son long sur le divan, qui dormait sous la protection de l'orignal. Son autorité rassurée, il avait profité de ce que la salle de bains était libre pour se débarbouiller, puis s'était endimanché comme il convenait de faire dans les circonstances. Après quoi seulement, il daigna de se mettre à table.

– Qu'est-il arrivé ? dit-il.

Alors la femme muette qui n'attendait que ce signal :

– Il est arrivé ce qui devait arriver, Aubertin, puisqu'on t'avait trompé et que ton cousin, il n'était pas guéri. Il a fait bien pis que la première fois. La première fois il y avait un enjeu, ce n'était peut-être pas très intelligent, c'était quand même une raison. Cette fois, il l'a fait en vrai fou, à propos de rien, gratis et sans crier gare. J'ai été choquée, oui! Non pas par son pauvre arrière-train maigre et velu, mais par ce que ce déculottage montrait de sa cervelle. En tout cas je ne veux pas le garder.

– Il partira, bon!

– Quand?

– Demain, si tu veux.

– Il partira ce soir, c'est tout arrangé.

Aubertin ne s'est pas endimanché dans le but de se mettre au lit. Il a, lui aussi, le dessein d'en finir au plus tôt avec le cousin, le soir même à la rigueur, mais d'en finir à sa façon. Aussi sourcille-t-il d'apprendre qu'on se soit arrangé sans lui. Le souper lui paraît mal apprêté, absolument immangeable. Il repousse son assiette et demande de haut, pape-orignal:

– Qu'est-ce qu'on a décidé sans moi? Mais il tombe mal; la statue de la chambre à coucher a refermé sa poitrine: fini le petit jeu du cœur-cible et du poignard! Fini le cirque du ménage! C'est une vraie femme qui lui répond, avec des seins encore fermes, pendant que les perruches en gloussent de plaisir. Elle lui dit:

– Si tu t'imagines, Aubertin, que nous étions pour rester en adoration devant ce que tu sais en attendant que Monsieur daigne bien revenir, tu te trompes! Je n'ai pas été sans penser à toi, cependant; je me suis souvenu de ce que tu m'avais appris de la prison des fous. Je ne suis pas une bête même si je ne prépare pas de discours d'échevin, et ce n'est pas parce que je tiens à notre bonheur que je voudrais le malheur d'autrui, non! J'ai empêché notre voisine d'appeler la police.

Aubertin rasséréné, tout doux, sans panache, presque un petit garçon:

– Qu'avez-vous fait, ma femme?

– Je n'étais pas dans mon état le plus ordinaire, notre voisine non plus, bien plus excitée que moi: vraiment elle exagérait et me rendait ainsi mon sang-froid. J'ai pensé alors à faire venir Cotnoir, elle s'est précipitée sur le téléphone, a crié au secours, et Cotnoir s'est amené. Auparavant, le derrière mouillé, Emmanuel avait eu le temps de remonter ses culottes.

– Le derrière mouillé?

– La voisine avait eu beau dire: Fermez les yeux, les filles!, elle n'avait pas été écoutée. Linda, en tout cas, les avait gardés bien ouverts. C'est elle qui lui avait lancé un verre d'eau en pleines fesses. Alors, quand Cotnoir est arrivé, tout était tranquille dans la maison.

– Sauf notre voisine?

– Sauf notre voisine, mais Cotnoir n'en a pas fait de cas. Il était d'ailleurs un peu saoul, tout à fait à son ordinaire, lui. Il a pris Emmanuel par le toupet pour lui regarder la face et, en bon maquignon d'homme, a pensé comme toi; il a trouvé Emmanuel un garçon sympathique. À notre voisine, qui ne semblait pas partager son opinion, il a dit – et cela a bien fait rire les filles – que tout le monde se déculottait. Il a même ajouté qu'il connaissait des personnes qui le faisaient plus souvent qu'à leur tour. Notre voisine y a vu sans doute une allusion; elle en est restée toute figée. Et l'affaire ainsi, pour tout le monde sauf pour elle, a pris, grâce à Cotnoir, une tournure plaisante. Un peu plus, il aurait fini par croire qu'il n'était rien arrivé du tout et que nous étions toutes victimes d'une illusion. Il a fallu que je le rappelle à la réalité: un fou est un fou et une maison n'est pas un asile. Il en a convenu et je lui ai fait part de ma décision.

– Ta décision ?

– Qu'Emmanuel irait se faire soigner ailleurs, mais sans passer par la police. Alors il a trouvé qu'il n'y avait qu'un moyen: le mettre sur le train de Québec, ce soir. Son projet est assez compliqué: à partir de Québec je ne m'y comprends plus. Il va revenir tout à l'heure, après ses consultations; il t'expliquera.

Aubertin sentait l'appétit lui revenir. Il prit un deuxième souper, cette fois avec satisfaction. C'était pourtant la même fricassée, mais ce n'était pas la même femme qui l'avait servie. Il n'en revenait pas. Il mangeait avec une lenteur appliquée, s'efforçant d'imiter les messieurs de la société qui satisfont leurs besoins avec tant de distinction qu'on dirait justement qu'ils n'ont pas de besoins et qu'ils mangent pour la beauté du geste. Pourquoi ce théâtre au moment où il voyait son échec consommé ? Devinait-il que sa tentative ne finissait pas avec lui, que d'autres la continueraient, que la solidarité humaine était engagée ? Oui, peut-être. En tout cas il se rendait compte qu'il y avait quelque chose de changé dans le monde, et il avait vaguement l'idée, toujours près du chapeau, toujours près du panache, que son honneur pouvait être d'en avoir eu l'initiative.

Chapitre huitième

Les croque-morts, ayant refermé le cercueil, dépouillaient le salon de ses fleurs et ramassaient leurs affaires, ustensiles, plâtres, décorations. Ils le faisaient avec lenteur mais prestement, circonspects et pressés d'en finir. Du haut du grand escalier, le Témiscouatèque les surveillait. Il n'avait pas échappé à leur œil de poule et ils étaient encore de bien meilleurs croque-morts ; l'un d'eux, même, commença de s'incliner chaque fois qu'il passait devant le cercueil, imité bientôt par les autres. On était respectueux, respectueux ! Le grand croque-mort dirigeait la manœuvre, la face d'une maquerelle surveillant la parade de ses putains à côté d'un client très âgé et très digne ; de temps à autre il jetait un coup d'œil vers l'escalier dans le but de percer le vieux monsieur et de savoir ses goûts, mais le vieux monsieur était roué : il restait imperturbable, attendant sans doute d'avoir choisi parmi cette valetaille la putain de son élection.

Je me trouvais dans la salle à manger qui, de l'autre côté de la maison symétriquement divisée, faisait pendant au salon. Leurs portes s'opposaient, séparées par le vestibule où descendait l'escalier, le long duquel se coulait un passage vers la profondeur de la maison. Cette maison : la grande demeure bourgeoise qu'on se faisait bâtir à la fin du siècle dernier, lorsque l'abondance du bois d'œuvre et les salaires minimes donnaient aux petites fortunes haut pignon dans la rue. Il y avait, pendu au mur du passage, un grand miroir par lequel, de la salle à manger, je pouvais apercevoir le Témiscouatèque dans l'exercice de sa surveillance. Je ne le quittais pas des yeux, encore intrigué par lui, même si j'avais très bien compris qui il était. Je restais partagé entre l'admiration et la pitié, ne sachant trop auquel des deux sentiments accorder ma préférence. L'étonnante transformation de l'humble médecin de campagne en aventurier cynique et mordant me fascinait en lui, surtout lorsque je pensais à l'âge où cette mutation s'était opérée.

Mon attention fut distraite par l'arrivée d'un barbon que je connaissais de vue et de réputation, Monsieur Sauviat, grand personnage dans le faubourg et remarquable en ceci : qu'il gardait pour son illumination, en dessous de son poil dru de rousseau blanchi, les humeurs d'une jeune fille. Il avait été déjà quelque peu en religion et n'en était jamais sorti sous le rapport des femmes avec lesquelles il n'avait pu reprendre contact et qui lui restaient aussi étrangères que des insectes. Mais la nature s'était vengée en lui fourrant dans la peau cette pucelle d'autant plus surprenante que le barbon n'avait rien d'une fleur bleue. Il tenait feu et lieu dans le faubourg à la double enseigne de la Crown Realty et de la Duplessis Investment, trafiquant de tout et vivant seul dans son officine comme un gros chat dans un trou. Il en sortait rarement, mais son influence se rencontrait partout ; il avait des rabatteurs, des espions, des protégés et des mignons, en dehors de ses victimes, une clientèle connue sous le nom loufoque de famille royale. Lui-même, il portait un sobriquet : George V, à cause d'une ressemblance avec Édouard VII. Ce sobriquet était loin de lui déplaire ; il s'en faisait une sorte de gloire, une gloire bouffonne, car tout en étant vaniteux il était trop fin, trop malicieux pour n'être pas le premier à se moquer de cette ressemblance, même s'il la cultivait avec soin. Je savais que Cotnoir le fréquentait et qu'une certaine amitié liait les deux notables.

Je ne fus donc pas trop surpris de le voir arriver. Toute la surprise était pour lui, la surprise d'être sorti de son royaume sordide et de se trouver sans moyen, désarmé, obséquieux et tremblant comme un vieux frère breton en dehors de sa communauté. Pour achever son désarroi, il était allé donner la main, en entrant, a un petit croque-mort qui, l'ayant prise par inadvertance, en était resté bouche bée. Devant une méprise aussi flagrante, au lieu de couper court, le pauvre homme, rougissait de la pucelle et le poil affolé, n'avait pas lâché la main qu'il tenait ; il la serrait, la secouait et ne s'arrêtait pas. Enfin il la lâcha, presque suffoqué, ayant trouvé à dire : *Merci, mon ami*, comme si le petit croque-mort lui avait offert des condoléances. D'ailleurs le grand croque-mort arrivait à la rescousse de son assistant et, avec mille égards dont personne ne fut dupe, m'amenait le barbon en sueur, qui s'épongeait. Cela l'occupait sans doute car il ne pensa pas à me tendre la main. Je lui demandai si Monsieur Sauviat se portait bien : – Oui, oui, très bien, très bien, fit-il en finissant par les yeux, ému de sa propre sensibilité, et aussi pour pouvoir m'examiner à l'abri de son mouchoir, car il ne me connaissait pas et cherchait à deviner qui j'étais, encore trop bouleversé pour s'en enquérir simplement.

Je revins au miroir : le Témiscouatèque n'était plus en haut de l'escalier. Au même moment une main se posait sur mon épaule ; je sursautai : c'était lui. – … Mon jeune ami, présentez-moi donc à ce monsieur que je n'ai pas l'honneur de connaître. Ce que je fis et les deux compères se saluèrent cérémonieusement. Puis, le Témiscouatèque : – Monsieur Sauviat est financier, je parierais, avec un faible pour l'immeuble : est-ce que je me trompe ?

Sauviat, qui se remettait vite, répondit :

– Monsieur le docteur, à ce que je vois, est un maître du diagnostic, et je suis loin, moi, pauvre homme, de prétendre au dixième, au centième de sa perspicacité. Cependant, s'il me le permettait, je dirais qu'il n'est pas un simple médecin.

– Vous vous trompez, je pratique à Saint-Eusèbe de Témiscouata : peut-on être plus simple médecin ?

– Pardon, je voulais dire que vous aviez d'autres préoccupations que votre art. Ainsi vous vous intéresseriez à la Bourse, aux valeurs minières plus précisément, que je n'en serais pas surpris.

– Là, vous y êtes ! Mais pas n'importe quelles mines, hein ? Le cuivre, seulement le cuivre ! Il n'y a de valeur au monde, Monsieur Sauviat, que le cuivre.

Sauviat avait acquiescé poliment en homme qui connaît de meilleurs gisements. Le corbillard-torpédo venait d'arriver ; on pouvait l'apercevoir par la fenêtre près de laquelle nous nous trouvions, excellent prétexte pour changer le sujet de la conversation, le cuivre sonnant creux. La profession de foi du docteur Bessette m'avait tout de même intéressé. Quand je la lui entendis répéter à Gérin, et sans plus de succès, car Gérin ne pouvait se laisser appâter, étant déjà mordu, je compris que c'était là manège d'escroc. J'admirai par la même occasion la rapidité avec laquelle il sondait un homme et se retirait, faute d'éveiller sa convoitise. Le cuivre apparaissait ainsi comme une marotte entre autres marottes chez un homme paradoxal et déroutant à qui toutes les extravagances étaient permises. Il dit en montrant le corbillard : – Ah, messieurs, les chevaux étaient bien sincères !

– En tout cas, reprit-il, ils étaient préférables aux rats qui infestent les salons mortuaires. Des rats énormes ! Il est vrai qu'on les nourrit bien.

– Docteur ! gloussa Sauviat.

– Quand ils atteignent la taille voulue, on les transforme tout simplement en croque-morts. Dans les salons mortuaires les changements s'opèrent vite. Connaissez-vous l'histoire des trois têtes ? On exposait trois morts, le premier en bleu marine, les deux autres en gris. Les vestons, qu'ils portaient, étaient des plus simples : un devant, deux manches, pas de dos. Quant aux culottes, ils n'en avaient tout simplement pas… Ils seront beaux, Messieurs, les trépassés de notre génération lors du jugement dernier !

– Docteur !

– La veuve du premier mort s'amène ; elle regarde son mari et pense qu'elle le préférerait en gris. Le croque-mort lui dit : *Bon revenez dans dix minutes*. Elle revient, son mari est en gris, mais, tout bien considéré, elle trouve que le bleu lui allait mieux. *Bon*, lui dit le croque-mort, *revenez dans dix minutes*. Elle se trompe, revient cinq minutes après, mais c'est déjà fait. Elle se confond en excuses et s'étonne de la diligence du croque-mort. Celui-ci de hausser les épaules : il n'avait que changé les têtes.

Le barbon gloussa de plus belle, émerveillé par ce froid cynisme. Il avait oublié sa déconvenue et ne regrettait plus d'être sorti de ses habitudes, un peu comme le vieux frère breton qui, après quelques mauvais moments, est tombé sur un évêque pétri de douceur et de simplicité. Il ne remarqua pas, dans sa béatitude, l'arrivée du notaire, lequel en fut surpris, habitué à plus d'égards. – Au fait, Monsieur, disait l'évêque, vous souvenez-vous de l'affaire du décapité ?

– Parfaitement. La tête lui manque encore et les deux mains, la police ne les a pas retracées. Par contre elle a retrouvé les pieds.

– Vous avez bonne mémoire, je vous félicite. Mais dites-moi : que faut-il à un croque-mort pour préparer un défunt à sa dernière parade ?

– Son cadavre, j'imagine.

– Vous êtes trop généreux, Monsieur Sauviat : la tête et les deux mains piquées sur mannequin suffisent.

– Et le reste ?

– On le jette à la voirie. On peut aussi le manger. Comprenez-vous maintenant l'affaire du décapité ? Ce n'était pas un assassinat, tout bonnement une farce de croque-mort.

– Docteur ! Docteur ! gloussa Sauviat, ravi au septième ciel.

Quelqu'un toussota. C'était le grand croque-mort, déférent, qui demandait à se joindre à

nous. Il choisissait mal son moment. Le Témiscouatèque le fixa de ses petits yeux insolents.
Cela ne le gêna en rien, habitué qu'il était à toutes les physionomies. – Quel dommage qu'il y
ait si peu de monde ! dit-il platement. Sauviat se
souvint-il qu'il était George V ? Il prit une pro-
fonde inspiration. – Monsieur, répondit-il, il n'y
a que la qualité qui compte, et il resta gonflé.
Fort heureusement, Madame Cotnoir s'amenait
des profondeurs de la maison, accompagnée de
Gérin. Sauviat plongea dans une révérence pro-
fonde, étonnante, interminable. Une reine n'aurait pas été mieux accueillie. Il en avait le visage
tout rouge. Le notaire lui tapa dans le dos : – C'est
l'occasion de lui parler, et se précipita au-devant
d'elle suivi de Sauviat dégonflé et pâle. Ils la
retinrent dans le couloir, près de l'escalier. Gérin
nous rejoignit. Ce fut à ce moment que le
Témiscouatèque lui fit tâter le cuivre. Mais
Gérin ne touchait pas à cela.

– Le docteur Gérin est trop patriote pour
s'occuper de vil métal, dis-je sérieusement.

– Non ? fit le Témiscouatèque, mais moi
aussi je suis patriote : je ne parle pas anglais.
L'êtes-vous comme moi ?

– À peu près, répondit Gérin.

– Comme je vous admire ! Cela devient si
rare ! Savez-vous que dans quelques années personne n'en aura plus les moyens ?

– Absolutely right, dit le grand croque-
mort.

– Vous êtes un aristocrate, mon confrère !

Sauviat et le notaire ne lâchaient pas Madame Cotnoir. Cela m'agaçait. Qu'avaient-ils donc à lui dire de si important ? Gérin répondit qu'ils cherchaient sans doute à connaître ses projets d'avenir.

– Elle retournera en France, dit-il.

– Ils vont la voler !

– Non car ils sont d'âge à avoir besoin de nous.

– Voulez-vous dire, mon confrère, qu'ils seront honnêtes par crainte d'être tués ?

Le grand croque-mort parut inquiet.

– Oui, répondit Gérin.

– Moi, en tout cas, je les tuerais volontiers.

Le Témiscouatèque mit sa main sur mon épaule :

– Ah, le bon petit médecin que voilà !

Le grand croque-mort, revenu d'une sorte de rêve, consulta sa montre : nous étions en retard. Et LeRoyer qui n'arrivait pas ! Il avait pourtant promis qu'il viendrait.

– À propos, dit Gérin au Témiscouatèque, il est homme à s'intéresser au cuivre.

Et nous sortîmes à la suite du cercueil.

Chapitre neuvième

Les corneilles sont toujours aux aguets. Quand il y a relâche, elles approchent. Elles lancent des cris brefs et se parlent ainsi au-dessus de la ville. Il y a toujours relâche au petit matin. C'est à ce moment que la nuit se fait blanche et que les malheureux, qui n'ont pas dormi, les entendent. Mais les corneilles se disent: «Ce ne sera pas encore pour aujourd'hui», et elles s'éloignent pendant que la ville s'éveille. Tous les matins, elles reviennent. Elles attendent le jour où la ville ne s'éveillera pas. Alors elles entreront par les fenêtres... L'œil! Il n'y a rien de meilleur pour une corneille qu'un œil d'homme.

La voiture roulait lourdement. Emmanuel souriait entre Aubertin et moi. Il semblait entendre Cotnoir, pour nous de plus en plus bizarre et inquiétant. Ç'avait été en sortant du pont que celui-ci, jusque-là renfrogné, s'était pour ainsi dire dégagé de lui-même et mis à parler avec une aisance que je ne lui connaissais pas, avec une lucidité extrême qu'on rencontre au-delà des maladies fatales, à l'heure du testament.

— Il faudra, disait Cotnoir, que j'en cause devant ma femme. Ma femme a un grand cahier. Elle écrit ce que je dis. Je ne lui ai pas encore parlé des corneilles. Du moins je ne lui en parle plus depuis qu'elles me font peur. Elle pourrait penser que je suis malade. Cela la peinerait. Elle n'a que moi sur terre. Notre maison de Longueuil est le couvent où elle s'est mise en religion, seule. Je n'ai jamais été son mari, je suis son frère convers. Chaque jour, je vais aux provisions. Elle vit de ce que je lui rapporte. Avec ça elle recrée le monde. En est-elle contente ? Je la tiens au courant de tout, mais à ma façon ; elle y ajoute la sienne : le drôle de monde que ce doit être ! Mais il prévaudra sur l'autre, sur le vrai qui n'a pas de durée, qui se fait et se défait à chaque instant, qui s'abîme dans l'indifférence générale. Je me dis parfois que ma femme construit une arche, une arche qui flotte déjà au-dessus du déluge où nous pataugeons tous sur le point d'y périr. Dans cette arche j'ai fait monter beaucoup de gens et tous les animaux que j'ai rencontrés depuis vingt ans aux mille détours du faubourg, les derniers chevaux, les chèvres de la vieille Italienne, les coqs clandestins, les chiens sans licence, les perroquets qui sont tous très vieux et ne comprennent que l'anglais, sans oublier le beau chevreuil, aperçu une fois par un matin d'automne, qui regardait Montréal et ne comprenait pas. Ils seront tous sauvés. Et toi aussi, Emmanuel. Et toi, Aubertin, avec ta femme et vos six filles, sans oublier les perruches. Et moi aussi, bien sûr. Seulement je ne sais pas si je me reconnaîtrai. Quelle idée ma femme se fait-elle de moi ? Je ne l'ai pas questionnée. J'aimerais bien quand même la connaître. Plus tard, quand je prendrai ma retraite, avant de mourir, je lirai dans son grand cahier. Toute ma vie est là, jour après jour. Je lirai et me jugerai avant le bon Dieu... Aubertin, dis-moi ce que tu penses de moi ?

Aubertin hésita, prétendit ensuite que ce n'était pas facile à dire, ajouta :

– Je n'ai jamais employé d'autre médecin que vous. Il faut croire que vous me donnez satisfaction.

– Il faut croire surtout que tu n'as jamais eu de goût pour la maladie et que là-dessus tu me sentais en accord avec toi. D'ailleurs tu n'avais pas le choix : qui d'autre aurait accepté d'aller dans ta maison de jaloux, dans ta maison de sauvage, à cinq minutes de marche du grand chemin ? Moi, ça me plaisait de longer le champ de quenouilles, surtout en automne, et de penser au Beau Viger, aux Patriotes, à tous les notables qui se firent une année, une année sur deux cents, une rare et belle année, qui se firent gibier de potence ; de penser aussi que j'aurais été avec eux. Le beau roman que c'était là ! Et facile ! Aujourd'hui je ne serais pas si badaud. J'en resterais aux quenouilles, aux belles quenouilles brunissantes. Les Patriotes ont eu la gloire tandis que les mauvais garçons, les bagarreurs, les pendus du petit peuple, qui, eux, n'œuvrent pas à tous les deux siècles, mais chaque jour, bon an, mal an, ne voient jamais leur courage reconnu; ils méritent l'opprobre. Mais c'est peut-être ça, la vraie récompense. En tout cas, je pense aujourd'hui que je serais tout simplement du côté de ceux-ci. En fait, je l'ai toujours été.

Cotnoir ajouta: – J'ai fait ma guerre, moi aussi, vous savez. Nous étions arrivés à la gare Jean-Talon. Le temps de prendre le billet, de passer par le tunnel, de monter sur le quai, le train de nuit survint. La locomotive se réchauffait et fumait comme une fonderie. Des jets de vapeur fusaient sous les wagons. Nous eûmes un moment de distraction. Ce moment, Emmanuel le guettait: il nous échappa et se mit à courir sur le quai, le long du convoi arrêté. Sa belle casquette avait roulé contre les rails. Aubertin se pencha pour la ramasser. Pendant ce temps Emmanuel avait disparu en avant de la locomotive. Peut-être voulait-il se rendre à Québec par ses propres moyens? Le train repartit. Alors nous aperçûmes notre évadé qui marchait dans la direction opposée. La locomotive contournée, il avait couru de l'autre côté du train. Il s'en allait maintenant vers Montréal. Quand le train se fut éloigné, il s'arrêta pour se tourner vers nous. Le policeman du CPR se mit à crier après lui dans une langue insensée qui était, je crois, de l'anglais. Cotnoir courut en direction de la gare, puis s'arrêta lui aussi, pour nous injurier, Aubertin et moi qui n'en demandions pas tant. Par moments il nous montrait le poing. Le policeman se dirigea vers lui. Emmanuel disparut dans la nuit. Quand nous voulûmes rejoindre la limousine, celle-ci n'était plus à la place où nous l'avions laissée : Cotnoir ne nous avait pas attendus. Il était tard. – Je me lève, demain, à six heures, dit Aubertin, maussade. Je lui payai le taxi. Quant à moi, je ne rentrai qu'au petit jour alors que les corneilles, par cris brefs au-dessus de la ville, annonçaient la fin de leur conciliabule.

La veille, lorsque Cotnoir était venu me prendre pour aller chez les Aubertin et de là accompagner Emmanuel à la gare, je lui avais trouvé un drôle de regard, à la fois aigu et fuyant. Il prétendit qu'il digérait mal. De sa main tremblante il revenait à tout moment à sa poitrine et n'y trouvait pas de soulagement. Il arrêta dans une taverne, à Longueuil. Je n'eus pas à le suivre ; cela d'ailleurs m'aurait gêné. À cette époque le faubourg était au régime sec. Les curés y bâtissaient leurs églises sans impôts de répartition. La religion leur semblait précaire ; ils s'en inquiétaient et ne voulaient pas la rendre onéreuse. Aidés d'ailleurs par l'État qui craignait, lui, je ne sais pourquoi, une subversion, ils se contentaient de la dîme et des quêtes. Mais ils disaient : – Pas de répartition, pas de taverne. Et Longueuil, qui en avait bien quatre, traitait tout le faubourg. Ces tavernes y étaient devenues des enclaves étrangères. En y fréquentant, un Longueuillois, surtout un notable, ne soignait pas sa réputation.

Cotnoir était revenu à l'auto moins tremblant mais ayant toujours son embarras. Il ne s'en inquiéta pas trop, habitué à souffrir les malaises qu'il se causait, ne concevant pas qu'ils vinssent d'ailleurs. Comme la plupart des gens il ne croyait dépendre, pour la santé comme pour le reste, que de lui-même. L'alcoolisme maquillait son vieillissement. La mort l'investissait sans qu'il s'en doutât. Certes, il avait déjà pensé à mourir, mais à sa façon et de son gré. Ce médecin, qui avait vu plus de malades que de gens heureux et bien portants, croyait à peine à la maladie et, si près de mourir, ne concevait encore la mort que par une sorte de suicide. Cela ne l'aidait pas à s'illusionner sur un art dont la bassesse ne lui échappait pas. Cela par contre le rassurait sur lui-même. C'était à son sujet qu'il s'illusionnait. Néanmoins, quand nous fûmes arrivés dans la rue sans nom, en face de la maison des Aubertin, il se renfrogna dans l'auto et m'envoya à sa place.

Je m'étais dirigé vers la porte d'en avant. Le chant des grenouilles envahissait l'obscurité et montait vers les étoiles blanches. Cotnoir me cria par la portière : – Fais le tour de la maison : la porte est condamnée. Je demandai : – Il n'y a pas de chien ? Il ne répondit pas et remonta la vitre de la portière. J'eus le sentiment d'avoir posé une question idiote et de m'être diminué à ses yeux. En effet, quand nous fûmes rendus à la gare, il me dit à l'improviste et sans doute pour se soulager du mal qui continuait à le gêner : – Docteur, quand on a peur des chiens, on se fait oculiste. Je crois qu'en vrai sauvage, en bon bandit, en homme d'honneur, il plaçait la bravoure au-dessus de tout. La médecine qu'il pratiquait ne laissait pas d'être dangereuse. Mettre Emmanuel sur le train de Québec, il n'y avait que lui pour concevoir pareille thérapeutique.

J'avais fait le tour de la maison entre plages et marais. L'eau était toute voisine. Je ne pensais plus au chien, prenant garde simplement de ne pas mettre le pied dans un trou. L'escalier mit fin à mon inquiétude. Je l'escaladai allégrement. Et voici qu'alors, tout près de moi, sur le plancher du perron, la queue du chien se mit à battre : il était content, et moi donc ! Je cognai. Par la fenêtre de la porte je vis une femme s'essuyer les mains à son tablier et venir répondre. C'était sans doute Madame Aubertin. Je me nommai, elle dit :

– Mais pourquoi n'avez-vous pas passé par en avant ?

– Je croyais la porte condamnée.

– Elle ne l'est plus, dit-elle presque joyeusement : mon mari l'a ouverte, ce soir.

Autour de cette ménagère, pour qui la journée, quel que fût le drame ou la fête, finissait toujours dans les eaux savonneuses, car elle devait faire place nette au lendemain, des fillettes étaient apparues, plus ou moins grandes, plus ou moins faites, toutes désœuvrées et poseuses, qui, se sentant en nombre et en sûreté, me regardaient hardiment. Je les saluai. Quelques-unes se détournèrent, prises de fou rire : elles voyaient sans doute en moi un congénère d'Emmanuel et me trouvaient bien cérémonieux.

– Passez dans le salon, dit la mère, mon mari vous attend.

En dessous d'une tête d'orignal énorme et plutôt miteuse, qui ne rajeunissait pas le chasseur, deux hommes étaient assis, le corps raide, comme des campagnards en tramway. L'un commençait à s'impatienter : – Je ne vous attendais plus, dit-il. L'autre ne bougeait pas, le sourire béat, et prêt à se rendre ainsi au bout du monde. Les fillettes m'avaient suivi ; elles entourèrent une volière de perruches. J'eus bien envie de m'asseoir aussi en dessous de l'orignal, et de faire un bout de chemin dans cette ambiance ingénue et troublante de seins, d'ailes, de becs et de cuisses, de soupirs et de moqueries. Mais Aubertin se leva. Il prit mon congénère par le bras. Je fis de même. Emmanuel se leva sans changer de visage ; il continua de sourire à je ne sais quoi de fixe qui, debout, assis, dans la maison du marais, dans la limousine de Cotnoir, dans la gare, restait toujours devant lui. Et il se laissait conduire, fasciné. Mais ce n'était sans doute qu'une feinte. Les muscles de son bras restaient inquiets ; je les sentais tressaillir, se tendre et détendre, en exercice, vigilants. Aubertin eut la même impression : – Pas de folie, Emmanuel, dit-il de sa grosse voix. Nous allons partir, la voisine arrive. Elle apporte une casquette.

– Regarde, Emmanuel, c'est une casquette de police. Avec une casquette de police on passe partout.

Mais la casquette est trop grande ; elle lui tombe sur les oreilles et ne l'aide pas, lui qui est déjà dans le brouillard, à voir mieux.

– Hé ! Elle te fait à merveille.

– Comme de raison, dit Emmanuel.

– Vous me la rapporterez, dit la voisine : c'est la casquette de mon mari.

Emmanuel relève la tête. Il a cessé de sourire. Avec un certain affolement :

– Boss, est-ce que je peux aller à la toilette ?

– Pour s'y barricader, pense la voisine.

– Non, attends, tu iras à la gare, répond Aubertin.

Emmanuel n'insiste pas. Il reprend son sourire et se laisse emmener. Madame Aubertin alors d'accourir en s'essuyant les mains avec son tablier. Elle aussi a une coiffure à proposer : – Ton chapeau, Aubertin ! C'est le chapeau d'échevin qu'une fillette apporte à son père.

Pourquoi pas le panache d'orignal? Et je me sens très jeune, très libre d'avoir la tête nue. Entre plages et marais le perron s'avance comme un quai. Les fillettes ont les cheveux légers. Le chant des grenouilles imprègne la nuit. La porte condamnée par l'hiver s'ouvre à nouveau sur le printemps.

– Emmanuel sera sauvé.

– Croyez-vous? dit la voisine.

– J'en suis certaine, répond Madame Aubertin.

La limousine s'était éloignée vers le Chemin de Chambly. Les étoiles revinrent au firmament. Les fillettes et les deux femmes s'attardèrent un peu sur le quai. Puis le petit frisson de la belle nuit d'avril les fit rentrer.

Emmanuel marchait plus lentement. Il avait cessé d'enjamber un dormant sur deux. Il ajusta le petit pas à chacun. Il suivit ainsi la voie ferrée sans savoir où il allait. Par moments cette voie se doublait, se triplait, se multipliait qu'on ne pouvait plus compter les rails. Il passa par des carrefours. Il restait entre les rails les plus lisses, les plus brillantes. Il marchait, la tête basse, dans le couloir sombre, sans prêter attention aux lumières de la ville ni aux étoiles du ciel. Soudain les rails se mirent à vibrer. Un faisceau de lumière le frappa. Aveuglé, il voulut fuir. Mais en sens inverse un autre projecteur venait vers lui. De ses yeux éblouis un bruit strident monta dans sa tête. Les deux trains se croisèrent dans un tintamarre infernal. Emmanuel ressentit l'haleine chaude des deux engins. Les cent fenêtres des wagons, séparées les unes des autres par des raies d'ombre, clignotèrent de chaque côté de lui. Puis ce fut de nouveau l'obscurité. Deux feux rouges s'éloignaient. Emmanuel restait environné de vapeur. Ce brouillard se dissipa : il aperçut le scintillement de la ville et du ciel. Toute confusion avait disparu de sa tête. Une sorte de confiance le pénétra. Parmi les étoiles, il y avait un astre qui présidait à sa chance ; Emmanuel le vit et n'en douta plus.

Aux confins de Westmount, il trouva des wagons de fret, les portes grandes ouvertes, et dans l'un d'eux monta. Le plancher était couvert de paille. Il se coucha et s'endormit. Le lendemain, quand il ouvrit l'œil, la campagne défilait devant lui comme un cinéma d'air pur. Quelqu'un toussota, un costaud lui demanda :

– Bien dormi ?

– Où allons-nous, boss ?

– À Québec, je pense.

– À Québec, oui, comme de raison, dit Emmanuel.

Je le revis quelques années plus tard, chez les Aubertin, à l'occasion d'une noce. On riait beaucoup autour de lui. Chacun cherchait à l'embarrasser, personne n'y parvenait, il avait réponse à tout, une réponse parfois courte, voire un peu bête, parfois compliquée et assez obscure, mais toujours rapide et courant après sa pointe.

Quelques bons mots réussis rachetaient les autres. Tout le monde était content de s'amuser à si bon compte. Seuls quelques grands garçons sérieux s'inquiétaient qu'un sans-génie eût plus d'esprit qu'eux. Je demandai qu'on lui demandât s'il se souvenait du train de Québec. Emmanuel vit bien d'où venait la question. Il répondit:

– Le train de Québec? Connais pas. Je ne prends jamais que le train de Montréal.

– Mais quand tu es à Montréal?

– Je prends le train de Trois-Rivières.

– Rendu à Trois-Rivières?

– Celui de Batiscan, comme de raison.

– À Batiscan?

– Je continue dans le train de Grondines.

– Ainsi tu ne te trouves jamais dans un train qui se rend à Québec?

– Est-ce que je sais où il va, moi, ce train? Je descends toujours à Lorette. Le train continue où il veut. À Québec, peut-être. Mais je penserais plutôt qu'après une fin de semaine à Montréal il va se confesser à Sainte-Anne-de-Beaupré.

Quelqu'un voulut savoir pourquoi il descendait toujours à Lorette. La raison en était simple: son patron y avait sa maison.

– C'est là qu'il se tient quand il n'est pas dans ses chantiers.

– Quand il est dans ses chantiers, où vas-tu, Emmanuel?

– J'y suis aussi, je vais nulle part, je fais semblant tout au plus de travailler.

Emmanuel ajouta : – Mais je le fais de mon mieux. On s'écria qu'il était un homme chanceux. Il en convint. Revit-il alors son étoile au travers de la fumée des trains ? Il dit : – Ma chance a surtout été d'apprendre que je l'étais. Et, se tournant vers moi, il me salua avec beaucoup de politesse. Je m'approchai pour lui serrer la main. Il se détourna. Je mis la main dans ma poche, plus content de lui que de moi ; qu'avions-nous à nous dire de plus ? Je fis danser Linda, puis sous prétexte qu'une petite vieille se mourait ou qu'un enfant allait naître, je m'en allai. J'éprouvais la plus grande satisfaction de ne pas avoir trompé Madame Cotnoir.

Dans l'église, entre les comparses et nous, au milieu du grand espace de bancs vides, elle semblait prodigieusement seule. J'en avais eu le cœur navré. Toutefois je n'étais pas d'âge à languir. Peu à peu la colère m'avait gagné. Sur les entrefaites les chantres avaient entonné le *Dies irae* et si mollement qu'on eût dit qu'ils étaient distraits ou n'entendaient pas le latin : ils ne criaient pas, ils chantonnaient en prêtant l'oreille aux échos de leurs voix. Jour de colère que celui-là, oui, en effet, mais la mienne n'avait pas été celle du cantique, une colère de tous les tonnerres qui naît de l'effroi de bonnes âmes et s'abîme dans leur veulerie, non, ç'avait été une colère de jeune homme capable d'affronter celle de Dieu, une colère qui m'avait dressé plein de haine et de mépris contre toute la cérémonie, contre le prêtre, contre ce fat de LeRoyer, cette fripouille de notaire dont

le claquement des dentiers m'exaspérait, contre
le Témiscouatèque, les croque-morts, les chantres
et le *Dies irae* même. Colère qui m'étonna
d'ailleurs, car elle venait sans doute de plus loin
que l'outrage dont je voulais que Madame Cotnoir fût la victime.

Quand arriva le temps d'aller signer au
registre d'état civil, le grand croque-mort vint
chercher Madame Cotnoir. Gérin me fit signe
de l'accompagner. Je pris son bras avec une joie,
une fierté que je n'ai pas éprouvée depuis. Nous
passâmes à la sacristie. Le curé, Mgr Vachon,
vint à notre rencontre. Le visage émacié, tout en
finesse, il faisait l'impression d'un saint. Peut-
être l'était-il ? Il s'inclina devant Madame Cotnoir, prit ma place et l'accompagna au registre.
Je les suivis. Je crus entendre qu'il lui disait,
avec cette emphase propre aux ecclésiastiques,
que son mari avait été un grand homme. Un
grand homme, Cotnoir ! Le pensait-il vraiment ?
Il se peut. En tout cas Madame Cotnoir n'en
doutait pas. – Les hommes sont myopes, dit le
prélat. Bon, pensai-je, les hommes ont le dos
large ; ils vont encore servir de tremplin à Mon-
seigneur : homme myope, Dieu presbyte ; et
Dieu, c'est le prélat, bien entendu. La pensée des
prêtres, si mécanique, m'a toujours déplu ; elle
montre si peu qu'ils ont l'Esprit. Mais, à ma
surprise, le vieux curé n'insista pas. Il fut si
digne, si poli que, quelle que fût ma hargne, je
ne puis m'empêcher d'être content.

La cérémonie ensuite me parut moins odieuse. D'ailleurs, quand nous revînmes de la sacristie, elle achevait. Le prêtre quitta l'autel pour aller déjeuner. Le grand croque-mort tira le cercueil du catafalque et se mit à le pousser vers la sortie de l'église. Le Témiscouatèque se trouva comme par hasard à côté de LeRoyer. Gérin attendit Sauviat et le notaire pour leur expliquer qu'il les aiderait à régler la succession. Sauviat fut ravi, le notaire un peu moins. Gérin n'était guère heureux que Madame Cotnoir s'en retournât en France. Il ne pensait pas à l'en empêcher. Ce départ cependant lui faisait sentir la vulgarité d'un pays qu'il aimait.

En sortant de l'église, nous trouvâmes le soleil. Quelques badauds se tenaient de l'autre côté de la rue. Soudain j'aperçois une sorte d'énergumène, les genoux raides, les oreilles décollées, une tuque sur le derrière de la tête, qui fait de grands pas ouverts et marche de la façon la plus drôle. Il porte sur son épaule un sac qui contient sans doute les trésors du monde. Son visage en tout cas exprime une satisfaction incommensurable. Madame Cotnoir n'avait pas cessé, depuis la mort de son mari, de me demander des nouvelles d'Emmanuel. Je lui dis :

– Mais c'est Emmanuel !

Le drôle d'homme ne s'arrêta pas. Le deuil n'était pas son affaire, ni le corbillard, ni les croque-morts. Il continua pour s'engager dans le

Chemin de Chambly et disparaître à nos yeux.
Mais quand nous fûmes rendus au cimetière,
devant la fosse noire, qui aperçûmes-nous ? Lui,
toujours aussi heureux, toujours aussi extraor-
dinairement heureux, qui traversait le cimetière
et enjambait les tombes. Il passa près de nous,
ébloui par le soleil, et ne nous vit même pas.

DOSSIER

préparé par Luc Gauvreau

RÉCEPTION CRITIQUE

Dans cette œuvre, le désordre voulu de la construction chronologique d'ensemble et l'usage le plus déroutant de l'ellipse révèlent, sinon la trace nette des tendances nouvelles, du moins le souci qu'a l'auteur de ne pas s'immobiliser dans des sentiers battus. L'étrangeté qui en résulte, dans *Cotnoir*, donne à ce récit une dimension peut-être toute illusoire, en tout cas suffisamment large pour que je sois enclin à l'appeler petit roman plutôt que longue nouvelle. Mais le jaillissement dru de chaque chapitre isolé – qu'il se situe, dans le temps, avant ou après le précédent et le suivant, – appartient à la veine réaliste de la vie la plus truculente. La particularité formelle la plus caractéristique de *Cotnoir* est celle d'un humour macabre associé à un certain gigantisme un peu rabelaisien. [Cette] verdeur un peu désordonnée, au stade de l'observation puis à celui de l'expression, est toujours susceptible de projeter Jacques Ferron vers l'avant-garde, quelle que soit par ailleurs la qualité familière de son art.

RÉJEAN ROBIDOUX
Le Roman canadien-français, 1964

[C'est] un conte qui renverse les données mêmes du conte étant donné qu'il commence à l'envers, par les funérailles du docteur Augustin Cotnoir. Les funérailles terminées, on remonte le temps, à petits pas, et c'est l'agonie même du docteur Augustin Cotnoir qu'on a dans la face.

VICTOR-LÉVY BEAULIEU
Docteur Ferron ; pèlerinage, 1991

Ferron's later work has revealed the importance of Dr. Cotnoir *as a prelude to his human and divine comedy, introducing its major theme of salvation through the illusory power of art to cheat death. Ferron's affinities with surrealistic painters are evident : he uses language to defeat language and the narrative to defeat time.*

BARBARA GODARD
Journal of Canadian Fiction, 1974

Sans le salut effectif d'Emmanuel, la beauté de Madame Cotnoir est vaine, son grand cahier inutile, la mort de Cotnoir également. L'écriture n'existerait pas non plus. C'est en fin de compte la foi de Cotnoir en la valeur rédemptrice de sa mort qui tient ici tous les fils de l'action. La signification de l'œuvre repose essentiellement sur la notion de salut exprimée dans l'identification de Cotnoir au Christ-Sauveur.

PIERRE L'HÉRAULT
Jacques Ferron,
cartographe de l'imaginaire, 1980

In spite of the serious theme, the book is humourous and satiric, Ferron takes thrusts at doctors, notaries, undertakers, religion, social service, all the complacent people.

LINDA SHOHET
The Canadian Fiction Magazine, 1975

CHRONOLOGIE

1921   Naissance à Louiseville, le 21 janvier. Fils
            aîné de Joseph-Alphonse Ferron et d'Adrien-
            ne Caron.

1926-1931   Études primaires à l'Académie Saint-Louis-
            de-Gonzague (Louiseville).

1931   5 mars : décès de sa mère. À partir de sep-
            tembre, il poursuit ses études primaires au
            Jardin de l'enfance de Trois-Rivières.

1933-1936   Études classiques au Collège Jean-de-Brébeuf
            (Montréal) ; il est renvoyé en 1936.

1936-1937   Il termine son année de Versification au Col-
            lège Saint-Laurent.

1937-1941   Réadmis au Collège Jean-de-Brébeuf, il en sera
            à nouveau expulsé en 1941.

1941   Février-juin : il termine ses études classiques
            au Collège de l'Assomption. Septembre : il en-
            treprend des études de médecine à l'Université
            Laval (Québec).

1943   22 juillet : il épouse une étudiante en droit,
            Magdeleine Thérien.

1945-1946   Reçu médecin, il doit pratiquer pendant une
            année dans l'armée canadienne. Après quel-
            ques semaines d'entraînement en Colombie
            Britannique et en Ontario, il est affecté au
            Québec, puis au Nouveau-Brunswick.

1946	Démobilisé, il s'installe à Rivière-Madeleine, en Gaspésie.
1947	5 mars : décès de son père.
1948	Il revient à Montréal et ouvre un cabinet de consultation dans le quartier Rosemont.
1949	Il rompt avec sa première épouse et s'installe sur la rive sud de Montréal, à Ville Jacques-Cartier (Longueuil). Parution de son premier livre ; il s'agit de la pièce *L'Ogre*.
1951	Première publication d'un article dans *L'Information médicale et paramédicale* ; cette collaboration régulière durera une trentaine d'années.
1952	28 juin : il épouse Madeleine Lavallée.
1954	Membre de la direction du Congrès canadien pour la paix.
1958	31 mars : candidat défait du Parti social démocrate (futur NPD) aux élections fédérales.
1959	Participe à la mise sur pied de la revue *Situations*.
1960	Après avoir quitté le PSD, il fonde, avec Raoul Roy, l'Action socialiste pour l'indépendance du Québec.
1962	Il reçoit le prix du Gouverneur général pour ses *Contes du pays incertain,* parus la même année.
1963	Avec des membres de sa famille, il fonde le Parti Rhinocéros. Début de sa collaboration à la revue *Parti pris*.
1966	5 juin : candidat défait du Rassemblement pour l'indépendance nationale aux élections provinciales. Durant un an, il travaille, comme médecin, à l'hôpital psychiatrique Mont-Providence (aujourd'hui Rivière-des-Prairies). Septembre : délégué de *L'Information médicale et paramédicale* à un congrès de la *National*

Conference on Mental Retardation tenu à Moncton.

1969   Il devient membre du Parti Québécois.

1970   Il est médecin, durant un an, à l'hôpital psychiatrique Saint-Jean-de-Dieu (aujourd'hui centre hospitalier Louis-H. La Fontaine). 28 décembre: il agit comme médiateur lors de l'arrestation des felquistes Paul Rose, Jacques Rose et Francis Simard.

1972   10 mai: il remporte le prix France-Québec pour son roman *Les Roses sauvages*. 30 octobre: candidat défait du Parti Rhinocéros aux élections fédérales. 23 novembre: la Société Saint-Jean-Baptiste de Montréal lui décerne le prix Duvernay.

1973   Octobre: séjour à Varsovie (Pologne); il assiste à un congrès de l'Union mondiale des écrivains médecins.

1974   8 juillet: candidat défait du Parti Rhinocéros aux élections fédérales.

1977   19 décembre: le gouvernement du Québec lui décerne le prix Athanase-David.

1979   22 mai: candidat défait du Parti Rhinocéros aux élections fédérales.

1980   18 février: candidat défait du Parti Rhinocéros aux élections fédérales. 11 mai: membre du Regroupement des écrivains en faveur du OUI au référendum.

1981   Il est nommé membre d'honneur de l'Union des écrivains québécois.

1985   22 avril: décès de Jacques Ferron à sa résidence de Saint-Lambert.

BIBLIOGRAPHIE[*]

L'Ogre, Montréal, Les Cahiers de la File indienne, 1949, 83 p.

La Barbe de François Hertel suivi de *Le Licou*, Montréal, Éditions d'Orphée, 1951, 110 p.

Le Dodu ou le Prix du bonheur, Montréal, Éditions d'Orphée, 1956, 91 p.

Tante Élise ou le Prix de l'amour, Montréal, Éditions d'Orphée, 1956, 102 p.

Le Cheval de Don Juan, Montréal, Éditions d'Orphée, 1957, 223 p.

Les Grands Soleils, Montréal, Éditions d'Orphée, 1958, 180 p.

Cotnoir, Montréal, Éditions d'Orphée, 1962, 99 p.

Contes du pays incertain, Montréal, Éditions d'Orphée, 1962, 200 p.

Cazou ou le Prix de la virginité, Montréal, Éditions d'Orphée, 1963, 86 p.

La Tête du roi, Montréal, AGÉUM, 1963, 93 p.

---

[*] Nous ne donnons que la date de la première édition; pour une bibliographie plus complète, on se reportera aux ouvrages de Pierre Cantin (*Jacques Ferron, polygraphe*, essai de bibliographie suivi d'une chronologie, Montréal, Bellarmin, 1984, 548 p.) et de Patrick Poirier («Sur Ferron et son œuvre», dans *L'Autre Ferron*, Montréal, Fides, 1995, p. 439-461).

Contes anglais et autres, Montréal, Éditions d'Orphée, 1964, 153 p.

La Sortie, théâtre, dans *Écrits du Canada français*, n° 19, 1965, p. 109-147.

La Nuit, Montréal, Parti pris, 1965, 134 p.

Papa Boss, Montréal, Parti pris, 1966, 142 p.

Contes, édition intégrale, Montréal, Éditions HMH, 1968, 210 p.

La Charrette, Montréal, Éditions HMH, 1968, 207 p.

Théâtre I : Les Grands Soleils ; Tante Élise ou le Prix de l'amour ; Le Don Juan chrétien, Montréal, Librairie Déom, 1968, 229 p.

Le Cœur d'une mère, théâtre, dans *Écrits du Canada français*, n° 25, 1969, p. 55-94.

Historiettes, Montréal, Éditions du Jour, 1969, 182 p.

Le Ciel de Québec, Montréal, Éditions du Jour, 1969, 403 p.

L'Amélanchier, Montréal, Éditions du Jour, 1970, 163 p.

Le Salut de l'Irlande, Montréal, Éditions du Jour, 1970, 221 p.

Les Roses sauvages, Montréal, Éditions du Jour, 1971, 177 p.

La Chaise du maréchal ferrant, Montréal, Éditions du Jour, 1972, 223 p.

Le Saint-Élias, Montréal, Éditions du Jour, 1972, 186 p.

Les Confitures de coings et autres textes, Montréal, Parti pris, 1972, 326 p.

Du fond de mon arrière-cuisine, Montréal, Éditions du Jour, 1973, 290 p.

Escarmouches. La longue passe, Montréal, Leméac, 1975, vol. 1, 391 p. ; vol. 2, 228 p.

Théâtre II : Le Dodu ou le Prix du bonheur ; La Mort de monsieur Borduas ; Le Permis de dramaturge ; La Tête du roi ; L'Impromptu des deux chiens, Montréal, Librairie Déom, 1975, 192 p.

Gaspé-Mattempa, Trois-Rivières, Éditions du Bien public, 1980, 52 p.

Rosaire précédé de *L'Exécution de Maski*, Montréal, VLB éditeur, 1981, 197 p.

Les Lettres aux journaux, Montréal, VLB éditeur, 1985, 586 p.

Le Choix de Jacques Ferron dans l'œuvre de Jacques Ferron, Québec, Les Presses Laurentiennes, 1985, 79 p.

La Conférence inachevée. Le Pas de Gamelin et autres récits, Montréal, VLB éditeur, 1987, vol. 1, 238 p.; vol. 2, 227 p.

Le Désarroi. Correspondance (avec Julien Bigras), Montréal, VLB éditeur, 1988, 176 p.

Une amitié bien particulière. Lettres de Jacques Ferron et John Grube, Montréal, Boréal, 1990, 255 p.

Le Contentieux de l'Acadie, Montréal, VLB éditeur, 1991, 271 p.

Les Pièces radiophoniques : J'ai déserté Saint-Jean-de-Dieu ; Les Cartes de récit ; Les Yeux ; La Ligue des bienfaiteurs de l'humanité, Hull, Vent d'Ouest, 1993, 268 p.

Le Pas de Gamelin. Trois fragments inédits de Jacques Ferron : Maski ; Turcot, fils d'Homère ; La Berline et les trois grimoires, dans Ginette MICHAUD (dir.) (avec la collaboration de Patrick Poirier), *L'Autre Ferron*, Montréal, Fides et CÉTUQ, 1995, p. 267-312.

Papiers intimes. Fragments d'un roman familial : lettres, historiettes et autres textes, édition préparée et commentée par Ginette Michaud et Patrick Poirier, Outremont, Lanctôt éditeur, coll. « Cahiers Jacques-Ferron », nos 1-2, 1997, 444 p.

Par la porte d'en arrière. Entretiens avec Pierre L'Hérault, Outremont, Lanctôt éditeur, 1997, 318 p.

Contes, édition de Jean-Marcel Paquette, Montréal, Presses de l'Université de Montréal, coll. « Bibliothèque du Nouveau Monde », 1998, 378 p.

Laisse courir ta plume. Lettres à ses sœurs (1933-1945), édition préparée par Marcel Olscamp et Patrick Poirier, présentation de Lucie Joubert, Outremont, Lanctôt éditeur, coll. « Cahiers Jacques-Ferron », no 3, 1998, 123 p.

Jacques Ferron : Autour des commencements suivi de *Les Rats*, sous la direction de Patrick Poirier, édition préparée et présentée par Brigitte Faine-Duboz,

Outremont, Lanctôt éditeur, coll. « Cahiers Jacques-Ferron », n°s 4-5, 2000, 357 p.

Textes épars (1935-1959), présentation de Jean-Pierre Boucher, édition préparée par Pierre Cantin, Luc Gauvreau et Marcel Olscamp, Outremont, Lanctôt éditeur, coll. « Cahiers Jacques-Ferron », n° 6, 2000, 226 p.

« Vous blaguez sûrement… ». Correspondance [avec François Hébert] (1976-1984), édition préparée et présentée par François-Simon Labelle, Outremont, Lanctôt éditeur, coll. « Cahiers Jacques-Ferron », n° 7, 2000, 154 p.